Os casos do detetive Mel

# SOMBRAS DE AZIENDA

Crimes e Corrupção no Mundo Empresarial

Editora Appris Ltda.
1.ª Edição - Copyright© 2024 do autor
Direitos de Edição Reservados à Editora Appris Ltda.

Nenhuma parte desta obra poderá ser utilizada indevidamente, sem estar de acordo com a Lei n°
9.610/98. Se incorreções forem encontradas, serão de exclusiva responsabilidade de seus organizadores. Foi realizado o Depósito Legal na Fundação Biblioteca Nacional, de acordo com as Leis nos
10.994, de 14/12/2004, e 12.192, de 14/01/2010.

Catalogação na Fonte
Elaborado por: Dayanne Leal Souza
Bibliotecária CRB 9/2162

| | |
|---|---|
| Z888c 2024 | Zórbha, Pereira<br>  Os casos do detetive Mel. Sombras de Azienda: crimes e corrupção no mundo empresarial / Pereira Zórbha. – 1. ed. – Curitiba: Appris, 2024.<br>  139 p. : il. ; 21 cm.<br><br>  ISBN 978-65-250-6423-9<br><br>  1. Investigação. 2. Gangues. 3. Corrupção. I. Zórbha, Pereira. II. Título.<br><br>  CDD – B869 |

Appris editora

Editora e Livraria Appris Ltda.
Av. Manoel Ribas, 2265 – Mercês
Curitiba/PR – CEP: 80810-002
Tel. (41) 3156 - 4731
www.editoraappris.com.br

Printed in Brazil
Impresso no Brasil

Pereira Zórbha

Os casos do detetive Mel

# SOMBRAS DE AZIENDA

Crimes e Corrupção no Mundo Empresarial

Curitiba, PR
2024

## FICHA TÉCNICA

EDITORIAL
Augusto Coelho
Sara C. de Andrade Coelho

COMITÊ EDITORIAL
Ana El Achkar (UNIVERSO/RJ)
Andréa Barbosa Gouveia (UFPR)
Conrado Moreira Mendes (PUC-MG)
Eliete Correia dos Santos (UEPB)
Fabiano Santos (UERJ/IESP)
Francinete Fernandes de Sousa (UEPB)
Francisco Carlos Duarte (PUCPR)
Francisco de Assis (Fiam-Faam, SP, Brasil)
Jacques de Lima Ferreira (UP)
Juliana Reichert Assunção Tonelli (UEL)
Maria Aparecida Barbosa (USP)
Maria Helena Zamora (PUC-Rio)
Maria Margarida de Andrade (Umack)
Marilda Aparecida Behrens (PUCPR)
Marli Caetano
Roque Ismael da Costa Güllich (UFFS)
Toni Reis (UFPR)
Valdomiro de Oliveira (UFPR)
Valério Brusamolin (IFPR)

SUPERVISOR DA PRODUÇÃO
Renata Cristina Lopes Miccelli

PRODUÇÃO EDITORIAL
Adrielli de Almeida

REVISÃO
Marcela Vidal Machado

DIAGRAMAÇÃO
Ana Beatriz Fonseca

CAPA
Lívia Weyl

REVISÃO DE PROVA
Sabrina Costa

*Dr. Egberto*

*Dedico esta obra ao amigo, Dr. Egberto Hernandes Blanco, advogado e empresário.*

*Homem de palavras abertas com quem eu trabalhei outrora, e foi naqueles idos anos de convivência que aprendi a admirá-lo como uma pessoa do bem.*

*Não obstante a alta posição social que alcançou, sempre buscou tratar seus funcionários com justeza e seus clientes com esmero, pontualidade e lisura.*

*Porém, compreendi também sua tristeza e decepção com relação a pessoas acudidas por ele e que posteriormente o traíram, sem a menor consideração, mas para a maioria ele procurava não demonstrar tais sentimentos e essa reação era uma maneira de superar tudo isso.*

*Dr. Egberto, na minha visão, um homem à frente de seu tempo.*

*Obrigado, doutor.*

# HOMENAGEM ESPECIAL

Rendo aqui homenagem muito especial ao amigo Antônio Marcos Lavrini que, num período em que me vi cercado por temores, aflições e incertezas, demonstrou não só sua amizade, mas principalmente sua lealdade para comigo.

Assim, antes que a areia na ampulheta da minha vida se escoe, é para mim vital deixar registrado meu sentimento de apreço e gratidão.

# AGRADECIMENTOS

Aqui deixo agradecimentos a algumas pessoas que direta ou indiretamente, conscientemente ou não, à época dos fatos e até nos dias atuais, de alguma maneira contribuíram positivamente para que eu me sentisse motivado. Pessoas que qualifico como amigas solidárias, cada uma do seu jeito e na sua proporção, me nutriram de incentivo e inspiração para escrever e publicar esta obra, que carrega em sua "espinha dorsal" uma história escrita sob a luz da realidade, mesclada com alguma ficção adaptada para um dos casos do detetive Mel.

Agradeço a:

Marcos Antônio Lavrini – gerente administrativo – Rio de Janeiro.

Dr. Egberto Hernandes Blanco – advogado e empresário – São Paulo.

Dr. Alexandre Silveira – advogado – São Paulo.

Dr. José Antônio Ceolin – advogado – São Caetano do Sul/SP.

Dr.ª Fabia Mamede – advogada – Rio de Janeiro.

Dr.ª Carla Scortecci – advogada – São Paulo.

Dr.ª Raquel Pessanha da Silva – advogada – Campos dos Goytacazes/RJ.

Dr.ª Rose Caetano – advogada – Rio de Janeiro.

Dr.ª Carolina Casadei dos Santos – médica/cárdio – Santo André/SP.

Dr.ª Raquel Giusti Teziano Ferrari – médica/cárdio – São Bernardo do Campo/SP.

Helena Camata – secretária de diretoria – São Paulo.

Elizabete Freire – servidora pública – Rio de Janeiro.

Margareth Gonzales – assessora de comunicação – Rio de Janeiro.

Roseli Santini – síndica – Rio de Janeiro.

Carla Mondenesi – representante comercial/empresária – Rio de Janeiro.

Marlinda Gomes – assistente administrativa – Rio de Janeiro.

Dária Maria Amâncio – professora – Santo André/SP.

Jaci Amâncio do Brasil – professora – Santo André/SP.

Thiago Tadeu Zaqueo de Paula – consultor – Campos dos Goytacazes/RJ.

Claudomiro Dib Nogueira – superintendente – São Paulo.

Marcos Fernando Spina – diretor de operações e empresário – São Paulo.

Silvio Cardoso – comerciário/pracista-apos. – Rio de Janeiro.

Daniel Nunes de Andrade – bibliotecário/iconógrafo – Acervo 1.967 – Santo André/SP.

Paulo Rogerio Pereira (irmão) – representante comercial/analista político – Londres/Inglaterra.

Cesar Vinicius do Carmo Pereira – meu amado filho.

Daniela de Oliveira – minha estimada e amada nora.

Maria Aparecida do Carmo Pereira – amada e inesquecível esposa (*in memoriam*).

# SUMÁRIO

CAPÍTULO I
UM AMIGO PEDINDO SOCORRO...................... 13

CAPÍTULO II
CONVIVENDO COM OS INIMIGOS.................... 20

CAPÍTULO III
O PRIMEIRO GOLPE............................. 28

CAPÍTULO IV
UM ATENTADO EM COPACABANA.................... 33

CAPÍTULO V
MEL FECHA O CERCO ........................... 36

CAPÍTULO VI
OUTRAS MAZELAS .............................. 40

CAPÍTULO VII
ALMOÇANDO COM O INIMIGO ..................... 47

CAPÍTULO VIII
OUTRO ATAQUE CONTRA MEL ..................... 58

CAPÍTULO IX
MEL VIAJA PARA CAMPOS........................ 70

CAPÍTULO X
O RETORNO AO RIO............................. 74

CAPÍTULO XI
A AJUDA DO INSPETOR ............................. 84

CAPÍTULO XII
A INVESTIDA DE MEL ............................... 88

CAPÍTULO XIII
MAIS UM CRIME CONFIRMADO ........................ 96

CAPÍTULO XIV
O DESESPERO DA QUADRILHA ........................ 99

CAPÍTULO XV
UM NOVO PLANO CONTRA MEL ....................... 104

CAPÍTULO XVI
A QUEDA DO CHEFÃO .............................. 117

CAPÍTULO XVII
UM REENCONTRO INESPERADO ....................... 123

CAPÍTULO XVIII
AS REFLEXÕES DE MEL ............................ 135

# CAPÍTULO I

## UM AMIGO PEDINDO SOCORRO

Melquíades Peixoto, profissionalmente eclético, atuou em várias áreas, como na educação, no mercado financeiro, no meio policial, na segurança privada e como guarda-costas.

Porém, já em longa data, passou a residir com sua esposa Isabelle e seu filho Marcilio em um apartamento, na Rua Tabatinguera, nas imediações do Bairro da Liberdade, bem próximo ao Fórum João Mendes.

Conhecido por todos como detetive Mel, se estabelecera como detetive particular, tendo montado seu pequeno escritório na Rua Riachuelo, 55, bem próximo à Faculdade de Direito do Largo São Francisco, no centro velho da pujante capital paulista.

Mel, por sua capacidade investigativa, tendo solucionado vários crimes, ajudando a polícia em inúmeras oportunidades, ao longo dos anos ganhou significativa notoriedade, sempre contando com seu assistente e fiel escudeiro, Tibúrcio.

Em meados de 2009, uma manhã nublada e fria, com o Sol ainda recluso pelo nevoeiro, típico da maior metrópole da América Latina, em seu escritório, já saboreando um cafezinho, preparado com esmero por sua secretária, Dona Eulália, o já experiente detetive recebeu um telefonema de um velho amigo, Dr. Heghi, advogado por formação, empresário de sucesso e diretor-presidente da empresa HB Advocacia – Administração e Negociação de Ativos, uma rede de escritórios espalhados pelo país, com quem trabalhara anos atrás.

Avisado por Eulália de quem se tratava, com satisfação atendeu ao telefone:

— Meu amigo, grande Dr. Heghi, a que devo esta grata surpresa?

— Mel, eu preciso falar-lhe, mas tem de ser pessoalmente, trata-se de assunto delicado e você é a única pessoa que reúne condições para me ajudar. Além disso, confio em poucas pessoas para tal missão.

O detetive, intrigado, franziu a testa, ergueu uma de suas sobrancelhas, mas já se colocou à disposição:

— Heghi, é só agendarmos local e data.

— Mel, gostaria de te encontrar fora da empresa. Poderia ser amanhã, às 12h, no restaurante O Gato que Ri, ali no Arouche?

— Claro. Estarei lá.

Na data do encontro, o Sol paulistano estava a pino, afinal já era próximo do meio-dia. Mel, cliente antigo do restaurante, preferiu ficar ali, próximo à entrada, por algum tempo, até que o amigo chegasse, quando percebeu um veículo passando vagarosamente por duas vezes. De início pensou ser o amigo chegando, mas não era o caso, devia ser alguém tentando estacionar ou procurando algum endereço. Decidiu entrar, chamou um dos garçons e avisou que estava aguardando um amigo para o almoço. Escolheu a mesa bem no fundo e pediu para que fosse avisado de sua chegada.

Após algum tempo Dr. Heghi chegou, ambos se abraçaram e, depois de falarem sobre suas vidas pessoais, o empresário entrou no assunto que ocasionou aquele momento:

— Meu amigo, preciso de sua ajuda. Minha empresa presta serviços para bancos, atuamos como negociadores com clientes que fizeram operações financeiras em financiamentos de automóveis, caminhões e outros tipos de crédito e que inadimpliram. A partir daí, nós entramos para receber estas dívidas e, se for preciso, via judicial.

Mel interrompeu e fez um comentário:

— É, deve envolver altos valores!

O executivo, meneando a cabeça positivamente, respondeu ao amigo:

— Sem dúvida e por isso carrega muitos problemas. Temos vários escritórios, um grande quadro de funcionários e mesmo com todo o cuidado acabam acontecendo irregularidades, mas no momento enfrento um problema grave em nosso escritório no Rio de Janeiro e preciso de ajuda.

O experiente detetive novamente levantou a sobrancelha esquerda, um cacoete antigo, que reflete preocupação ou desconfiança, e questionou:

— Mas de que tipo de problema nós estamos falando e de que tamanho é a pipa?

O empresário, carregando sua expressão facial, explicou:

— Nossa unidade no Rio de Janeiro tem sido minha principal dor de cabeça, nunca conseguimos enxergar com clareza as causas de tantos problemas.

Mel pediu ao empresário que lhe desse mais detalhes, para ter uma visão melhor do que ele queria dizer.

— Me explique como funciona o fluxo de trabalho e qual sua desconfiança.

— Basicamente, fazemos cobrança para os maiores bancos e financeiras do país, na maioria contratos de financiamentos de automóveis, caminhões para pessoas físicas e jurídicas.

Dr. Heghi continuou sua explanação:

— No Rio, temos perto de 300 funcionários, sendo que a maior parte efetua cobranças por telefone, tentando negociar dívidas em atraso, mas essas negociações devem ser feitas somente pelo telefone da empresa, já que temos de gravá-las, por questões de segurança. Além da grande equipe, cujo objetivo é a recuperação de ativos, no departamento jurídico temos muitos advogados e estagiários que ajuízam os casos em que não se logrou êxito na esfera amigável, mas, mesmo após o ajuizamento, existem equipes de negociadores, já mais especializados, que tentam acordo nos autos. Contamos também com departamento de pessoal e RH.

O detetive procurou continuar questionando, para tentar entender com maior exatidão o problema como um todo.

— Heghi, estes contratos de financiamento são sacramentados onde, propriamente ditos, no banco ou em agências que revendem carros?

— Praticamente em revendas de carros novos ou usados e em concessionárias especificas, que chamamos de autorizadas, mas a maioria se origina nas chamadas agências de carros que trabalham com todas as marcas e tipos de veículos, usados, novos e seminovos.

O detetive Mel, nesse momento, foi mais direto ao ponto:

— Doutor, o que realmente julga que acontece e como eu poderia ajudá-lo?

— Veja, lá tenho o gerente-geral do escritório, o qual julga que exista algo muito errado por lá, só não sabe exatamente o que, como e quantos estão envolvidos, porém, aqui de nossa matriz, temos números que mostram problemas. Embora todos os meses o escritório do Rio bata as metas exigidas pelos bancos e financeiras, nossa receita vem caindo e os problemas surgem em profusão.

Mel imediatamente o questionou com conhecimento de causa:

— Você sabe que antes da polícia e de me tornar detetive atuei nessa área, quero crer que, mesmo com receita baixa, a sua empresa ainda paga premiação aos negociadores e a seus chefes por terem batido as metas do banco, ou seja, sua empresa premia pelo prejuízo! É isso mesmo ou estou enganado?

— Infelizmente é mais ou menos assim, precisamos urgentemente descobrir a causa e seus protagonistas.

Imediatamente o detetive interrompeu-o com veemência:

— Mas você nunca enviou pessoas, advogados ou profissionais de sua central para levantar possíveis problemas?

O empresário, com expressão de decepção, respondeu com constrangimento:

— O pior é que enviei várias pessoas e durante vários meses, inclusive pessoas de minha total confiança, mas tudo foi em vão, investimos muito dinheiro nessas tentativas, com viagens, hospedagens e outras muitas despesas, porém os problemas continuam.

Intrigado, Mel questionou:

— Só para minhas anotações, poderia me dizer alguns dos nomes dessas pessoas de sua confiança que enviou para o Rio?

— São vários nomes, todos advogados, além disso, enviei pessoal do departamento de cobrança de nossa sede, aqui em São Paulo. Foram muitos e, consequentemente, muitas decepções, já que todos eram confiáveis e alguns são conhecidos de muito tempo, mas depois eu lhe informo os nomes.

— Tem alguém, no escritório do Rio, em que podemos confiar? — Indagou o detetive.

— Sim, o Sr. Marcio. Aliás, você deve se lembrar dele, do tempo em que você trabalhou comigo, é o gerente a quem me referi. Mas são quase 300 funcionários, logo, para fazer este trabalho, tem de ser alguém específico para esse fim, acostumado a desafios, de total confiança e que não se deixe envolver nem desista diante da primeira dificuldade.

O detetive passou a mão pelo bigode e indagou:

— Heghi, para isso eu teria de morar uns tempos na região, pois, pelo que você diz, me parece ser um trabalho de paciência e, nesse caso, teria de levar Tibúrcio. Além disso, terei de ajustar meus compromissos no escritório.

— Sim, é isso que quero, mas antes ficará algum tempo em nossa matriz, aqui em São Paulo, para se inteirar de nossa rotina e acertarmos os detalhes.

— Lógico, Heghi, mesmo porque é essencial me inteirar do sistema da empresa, fluxos, quem são seus clientes. Além disso, você possui um mecanismo onde são gravadas as ligações, mas sei que, com o uso de celulares, só vem facilitar "negociatas", já que inviabilizam as gravações.

O detetive, de maneira incisiva, advertiu o amigo:

— Lembre, Heghi, a partir do momento em que eu me aprofundar no caso, certamente haverá represálias, mas o mais importante é que terei de ir até o fim, por isso é bom se preparar para possíveis decepções.

— Caro Mel, eu sei de tudo isso, estarei preparado. Fique tranquilo com relação a isso, daqui a dois dias te aguardo no escritório para iniciarmos os preparativos, creio que m mais ou menos duas semanas já poderá ir para o Rio de Janeiro.

Após o almoço, saíram juntos até a calçada, mas, antes de se despedirem, Mel fez um questionamento:

— Heghi, sei que seu escritório não fica longe, veio de carro?

Demonstrando certa surpresa, respondeu ao detetive:

— Sim, vim com aquela Hilux, estacionada do outro lado da rua. Lá está ela, aquela prata, mas porque a pergunta?

— Nada demais, apenas isto: quando o aguardava, vi um veículo preto por duas vezes que, a princípio, julguei que fosse você. Mas não é importante, depois de amanhã estarei em seu escritório. Até lá.

No último instante o empresário impôs ao detetive uma condição inquebrantável:

— Para ser sincero, eu desconheço como você irá desenvolver seu trabalho, mas deixo claro que não desejo envolver a polícia, isso seria outro desastre para a empresa. Terá meu apoio total, mas sem polícia.

No final da tarde daquele mesmo dia, Mel se preparava para ir para casa, absorto em pensamentos sobre o problema de seu amigo. No íntimo, Mel sabia que teria muitos desafios pela frente, afinal ele tinha a percepção de que a situação no Rio envolvia muito dinheiro e esse fato, por si só, já seria explosivo.

Porém, ao sair do escritório, Mel decidiu passar na delegacia para falar a novidade para seu amigo, o inspetor Bianchi. Quando trafegava pela Rua Senador Queiroz, repentinamente foi abalroado duas vezes por um Dodge Landau preto, um carro antigo, e faltou pouco para perder o controle de seu veículo.

Já conversando com o inspetor, relatou o abalroamento sofrido.

Bianchi tentou analisar o fato e expôs ao detetive sua opinião:

— Caro Mel, este caso do Rio exigirá que você atue diferentemente dos casos anteriores, pois agora você deverá se infiltrar como um auditor ou supervisor da empresa, ou seja, como um funcionário.

Intrigado, Mel questionou:

— Bianchi, você acha mesmo que este incidente na Senador Queiroz está ligado ao Rio?

— Sim, esta é uma possibilidade perfeitamente plausível e sei que você também concorda com isso. Eles já sabem que você entrará no caso de alguma maneira, certamente eles devem ter contatos aqui em São Paulo.

Indignado, o detetive concluiu:

— Bem, isso mostra a força deles. Tentaram me enviar uma mensagem, mas ocorre que apenas reforçaram minha vontade de ir para a Cidade Maravilhosa.

— Sim, Mel, conhecendo-o como o conheço, não desistirá e irá até o fim para desmascará-los. Caso queira, tenho alguns amigos aposentados da polícia que trabalham como segurança, mas tome cuidado. Se precisar de algum apoio, darei um jeito.

— Agradeço, meu amigo, porém prefiro trabalhar sozinho, assim me preocuparei somente comigo. Mas se precisar de algo, falo contigo.

O detetive estava ávido para ajudar o amigo, sabia que iria enfrentar problemas intrincados, no entanto desconhecia a extensão e gravidade da situação no Rio, que se mostraria muito maior do que poderia imaginar e sua vida estaria constantemente em risco. Seria muito mais do que meros problemas administrativos.

CAPÍTULO II

# CONVIVENDO COM OS INIMIGOS

Após 15 dias, em meados de 2009, Mel e seu assistente chegaram ao Rio e se instalaram no Hotel Itajubá, situado em uma rua bem próximo da empresa, na rua de trás do edifício.

No escritório foram recebidos por Marcio, gerente e responsável por aquela filial, cujas dependências ocupavam alguns andares, mas o foco do problema era no departamento de negociações, onde havia quase 200 funcionários.

Marcio apresentou os detetives como sendo funcionários da matriz e disse que ficariam algum tempo fazendo acompanhamentos de supervisão ou auditoria e que, para tanto, contava com a colaboração de todos.

Mel, Tibúrcio e Marcio foram para uma sala a eles reservada e, de pronto, o detetive já fez algumas observações:

— Senhores, preliminarmente, já se percebe que o ambiente aqui está muito carregado, não somos bem-vindos, mas temos de começar o mais rápido possível, pois, a julgar pelas reações das pessoas, certamente, existem "coelhos nesse mato".

— Tibúrcio, você terá de ficar mais isolado, ouvindo as gravações das ligações telefônicas. Eu também as ouvirei quando necessário e teremos que falar bastante com Marcio.

— Lembrem-se vocês de que qualquer detalhe, qualquer gesto ou conversa serão importantes.

O detetive Mel passou a trabalhar em meio aos negociadores, bem no "centro do furacão", observando todos, entrando em ligações telefônicas gravadas, de maneira a afrontar os corruptos.

Mel optou por conversar com as pessoas para que tomassem coragem e contassem o que sabiam, mas o medo era muito, por isso o contato seria difícil.

Por meio das gravações, ouviam-se amiúde comentários sobre o detetive, para quem foram dados vários apelidos, como, por exemplo, bigode, X9, espião, entre outros.

Pelo fato de Mel se expor mais, seus passos eram vigiados, inclusive na hora do almoço.

Um dia, Mel encontrou em sua mesa um bilhete que dizia "Quem mexe em caixa de maribondo acaba ferroado" e isso fez com que ele chamasse Tibúrcio e Marcio para uma reunião em local bem afastado dali.

Tibúrcio e Marcio estavam apreensivos quanto ao motivo da reunião, que aconteceu na Taberna da Glória, onde o detetive começou a falar:

— Senhores, é preciso mudar os planos, não percamos tempo, irei direto ao assunto.

O detetive fez uma pausa, respirou fundo e disse com convicção:

— Tibúrcio você deve voltar para São Paulo, ficando em nosso escritório, cuidando de nossa agenda e dos casos em andamento.

Tibúrcio imediatamente questionou:

— Mel, esses caras poderão jogar pesado, seria melhor eu ficar contigo.

O detetive, mostrando o bilhete que recebera, explicou sua decisão:

— Tibu, eu já estou exposto, este bilhete comprova e mostra também que não sou bem-vindo e que eles não ficarão quietos. Inclusive, creio que terei de mudar de hotel, por uma questão de segurança, melhor será direcionar as atenções para mim, quero que fique claro para eles que eu estou investigando, quero que fiquem nervosos, certamente se movimentarão contra mim. Assim, é desnecessário colocá-lo também em risco.

— Além do mais, tenho certeza de que irão me ameaçar e enviarão esforços para que eu desista. Ao contrário do que se pode pensar, não esmorecerei, irei pressioná-los, deixar claro para eles a que vim. Além disso, creio que não são capazes de chegar às vias de fato, mas se acontecer estarei preparado.

Aquela conversa foi definitiva, afinal Mel, com sua experiência, sabia perfeitamente o que queria e nessas condições costumava não voltar atrás. E assim foi feito.

Já de volta a São Paulo, Tibúrcio conversava com o chefe de Polícia e amigo do detetive no escritório.

— Bianchi, realmente eu estou preocupado com Mel, afinal sabemos que existe um esquema que envolve quitações de veículos, pactuados com revendas de carros, porém tem muita gente envolvida e não sabemos as reais proporções disso.

O policial coçou a cabeça, fez uma pausa e concluiu.

— Eu conheço Melquíades há muitos anos, por isso fico tranquilo, pois tenho certeza de que, se ele perceber que precisa de mais alguém ou que sua vida esteja em real perigo, não titubeará em pedir apoio.

Bianchi foi embora, Tibúrcio fechou o escritório e se dirigiu à pensão Donana, onde morava, para um merecido descanso.

Já haviam se passado quase dois meses da chegada de Mel ao Rio, que optou por ficar a maior parte do tempo trabalhando no mesmo espaço onde os negociadores atuavam e justamente onde ficavam os chefes de equipes a o chefe geral, Sr. Leocadio, o qual fazia questão de centralizar nele todas as negociações, principalmente as quitações de contratos de financiamentos de veículos.

Mel ouvia as ligações para detectar possíveis irregularidades, porém, após algum tempo, chamou o gerente Marcio para uma reunião, que acontecera no auditório da empresa.

Apreensivo, Marcio chegou ao auditório e logo perguntou:

— Qual é a novidade, Mel?

— Marcio, todas as ligações telefônicas são gravadas, para que se possa fazer acompanhamento da forma que os negociadores atuam junto aos clientes e, também, para que se evitem possíveis negociatas ou falcatruas, é isso mesmo?

O gerente, com veemência, afirmou:

— Sim, esses são os alguns dos objetivos, por isso a exigibilidade de se fazer os acordos pela rede interna, assim, poderemos inclusive averiguar possíveis reclamações acerca do comportamento de nossos funcionários.

Mel imediatamente questionou:

— Sim, entendo essa parte, mas notei que esses negociadores possuem em suas mesas celulares que são utilizados com muita frequência, assim, muitas tratativas não ficam registradas na telefonia interna. Alguns chegam a ter três aparelhos em suas mesas.

Marcio, de pronto, concordou com o detetive, mas observou:

— Mel, é difícil essa questão, pois os celulares desafogam nossas linhas telefônicas, mas orientamos que os acordos sejam fechados via rede interna.

O detetive pensou por alguns segundos e fez um alerta:

— Bem, concordo que seja um problema lidar com isso, porém os celulares provocam a perda do nosso controle sobre as negociações e isso abre uma porta para desvios de conduta. E tem outra questão:

percebo que os negociadores falam muito com lojistas ou revendas de veículos e justamente por aí é que os problemas se apresentam.

Marcio questionou o detetive:

— Mel, com relação a esse quesito, detectou algo que corrobora com sua tese?

— Perfeitamente, após ouvir inúmeras ligações telefônicas, cheguei à conclusão de que poucos acordos têm sido fechados ou tratados pela rede interna da empresa, logo, embora existam muitos contratos negociados, não sabemos o teor dessas tratativas pelo simples fato de que grande parte tem sido tratada via telefonia celular. Assim, desconhecemos os reais termos desses acordos, mas percebe-se claramente a participação de lojistas.

— Nesse caso, qual o caminho que deveríamos tomar?

— Marcio, precisamos ser contundentes quanto à utilização dos celulares, não sei bem como faremos isso, mas irei estudar uma maneira.

O gerente do escritório demonstrou preocupação:

— É, realmente isso é um problemão. Poderíamos restringir o uso de celulares somente aos supervisores e encarregados, mas haverá muita rejeição a tal medida.

— Marcio, poderíamos começar por aí, mas creio que teremos de ser mais radicais, prefiro que enviemos um comunicado proibindo o uso de celulares e qualquer tipo de telefone móvel.

— Então convocarei uma reunião com o chefe dos negociadores, Sr. Leocadio, e os demais encarregados para passar tal determinação. Além disso, comunicarei por e-mail.

O detetive concluiu:

— É isso mesmo, mas tem de ficar claro para eles que tais determinações partiram de mim, veremos o comportamento de cada um. Enquanto isso, iremos continuar demitindo alguns negociadores que temos certeza fazerem parte desse esquema, assim, aos poucos, enfraqueceremos o grupo e irei preparar algumas mudanças que teremos de fazer.

Márcio, com tom de curiosidade, perguntou ao detetive:

— Mel, qual o motivo para deixar claro que essas e outras mudanças que fizemos são determinações suas?

— Veja se me entende: esses caras, que são verdadeiros abutres e quadrilheiros, aprontam isso há muito tempo, ninguém os interpelou, inclusive aqueles que já estiveram aqui, vindos de São Paulo, talvez por conveniência, desídia ou comodismo, não tocaram na ferida, pois acho muito improvável não terem percebido as irregularidades. De qualquer maneira, preferiram se calar, porém, desta feita, eles estão sendo incomodados e centralizarão a atenção só em mim e é justamente isso que quero. Lógico que devemos estar preparados para represálias.

O detetive fez um comentário curioso, com relação ao cenário, de maneira geral:

— O esquema montado aqui me faz lembrar, em termos conceituais, da atuação da máfia italiana dentro das empresas. Lógico que aqui eles visam somente se locupletarem em detrimento da empresa, porém, em escala bem menor, o conceito ou o modo de operar, é bastante semelhante à realidade italiana.

Demonstrando certo receio, Marcio observou:

— Na realidade, como todas as mudanças e determinações estão sendo transmitidas por você, possíveis represálias também terão você como alvo e não sabemos até onde eles poderão chegar para obstruir seu trabalho.

O detetive, rápida e objetivamente, tentou amenizar:

— Creio que estamos tratando com espertalhões, se utilizam apenas da confiança que foi dada a eles, mais especificamente o Sr. Leocadio, mas não acho que chegarão às vias de fato, porém, para o caso de serem muito mais do que meros saltimbancos, estou tomando todos os cuidados para não ser surpreendido, afinal de contas, não se pode subestimá-los.

O gerente, preocupado com a situação, pediu ao detetive seu parecer:

— Mel, na condição de inspetor ou auditor, desde sua chegada, o que você poderia dizer?

O detetive, com muito cuidado, começou a declinar acerca do assunto:

— Sabemos que existe um esquema que envolve quitações em contratos de financiamentos de veículos em geral.

— Temos ciência também de que essas negociações são feitas pelos celulares, sobre as quais não temos domínio.

— Apuramos também que todos sabem que existe o esquema. Não são todos que participam, porém têm medo em falar.

— Sabemos que a negociação que cuida de financiamentos de caminhões, que vocês chamam de "pesados", é onde os valores são mais expressivos.

— Já tomamos ciência de que todas as propostas de quitação passam pela aprovação do Sr. Leocadio e pelo seu braço-direito, o Sr. Ivano, e temos no mínimo quatro chefes de equipe que fazem parte do esquema e pelo menos 50, 80 ou até um número maior de funcionários que estão diretamente engajados nessa tramoia, os demais sabem, mas têm medo de falar.

— Sabemos que os acertos dessas negociações são feitos e tratados por telefones celulares e, consequentemente, não temos as gravações.

— Temos ciência também de que tais negociações são feitas com a participação e o conluio de proprietários de agências de carros, onde todos ganham, menos nossa empresa.

— Percebemos também que os equipamentos da empresa são tratados com quase nenhum esmero ou cuidado, atitude típica de quem não preza pelo patrimônio da empresa.

Mel continuou sua explanação:

— Concluo, infelizmente, que aqui na empresa, tal como no caso italiano, temos claramente uma formação de quadrilha, constituindo-se em uma espécie de sócio oculto e configurando-se em um poder paralelo que interfere de maneira relevante em outros departamentos. Por isso temos de acelerar os trabalhos e, diferentemente da minha impressão inicial, pensando melhor, pode ser que estejamos diante de um esquema muito bem articulado, sendo que seu surgimento só foi possível por conta da confiança excessiva que a diretoria depositou em seus protagonistas, cujo grupo se tornou um sócio secreto ou oculto da empresa, verdadeiros corruptos e abutres, bandidos na acepção da palavra. Marcio, temos que redobrar nossa atenção, pois já perceberam que estou no encalço deles e que a diretoria da empresa já tem ciência das falcatruas, com certeza esses larápios não ficarão quietos, principalmente diante das demissões que estamos fazendo.

O detetive, ainda, observou:

— E tem outro detalhe: nossa diretoria me apoia em tudo, disso não tenho dúvidas, porém muitos na matriz, inclusive gente que chefia departamentos, torcem para que eu não logre êxito, já que muitos estiveram aqui, encarregados, líderes de equipes, advogados e até gente de cargo mais elevado e não viram o problema, por conivência ou por pura incompetência, mas esta é outra discussão. No entanto nosso trabalho não cessará, doa a quem doer.

## CAPÍTULO III

## O PRIMEIRO GOLPE

Passados alguns dias, Mel, analisando contratos de alto valor, identificou um contrato, já com ação judicial de retomada, para o qual foi enviada uma ficha de compensação para quitação, porém, de pronto, percebeu que o devedor não solicitou tal documento, apenas foi enviado por e-mail. Mas o mais grave é que qualquer acordo deveria ser formalizado nos autos do processo, uma vez o devedor havia, também, impetrado uma ação revisional e outra ação indenizatória, logo, para um acordo, deveria acontecer a desistência da ação imposta contra o banco, já que uma das parcelas inclusas no boleto era questionada pelo devedor e vista por ele como cobrança indevida, que recebeu guarida pelo magistrado.

O detetive mais que depressa chamou o gerente, Sr. Marcio, para colocá-lo a par.

Demonstrando cansaço e com fisionomia estampando preocupação, Marcio chegou à sala.

— Mel, senti a urgência, vim apressadamente pelas escadas, mas conte-me: o que aconteceu?

— Marcio, quero que analise este caso e me diga seu parecer.

O detetive entregou ao gerente a documentação.

Marcio, ao perceber a situação, exclamou:

— Mel, este boleto não poderia ser enviado!

— Certamente, Marcio, mesmo porque este boleto inclui uma parcela sobre a qual o juiz já decidiu, e fomos condenados por cobrança indevida, além do mais, a ação ainda tramita em fase recursal de nosso cliente, portanto qualquer acordo seria somente nos autos. Com a desistência da ação imposta contra o banco, seria uma casadinha, mas o pior é que estamos cobrando novamente a mesma parcela e o boleto foi enviado ao e-mail da empresa devedora de maneira arbitrária, fato que ensejará nova ação contra o banco. Temos de falar com o advogado de devedor para tentar evitar desdobramentos.

O detetive prosseguiu em sua explicação:

— Caro amigo, já verifiquei no site do TJ Rio, já protocolizaram nova ação e, além do mais, quem enviou este boleto foi o Sr. Batossa, encarregado das negociações de contratos de pesados, um dos principais cabeças da gangue de abutres, chefiada por Leocadio.

Consternado, Marcio indagou com veemência ao detetive:

— E agora? Em circunstâncias normais teríamos de demitir esse funcionário!

O detetive se levantou, olhou nos olhos do gerente e disse:

— Marcio, é justamente isso que faremos, mas não informaremos o real motivo de sua demissão aos demais, deixe que cada um tire suas conclusões, assim, ficarão dúvidas sobre seu desligamento e muitos pensarão que foi por conta do "esquema de quitações" e isso talvez nos seja útil. Além disso, já informei o Dr. Heghi, estava em reunião na matriz, mas concordou com a ideia e falará com o banco para amenizar o impacto.

— Então vou fazer o desligamento do Sr. Batossa pouco antes das 18h, para que não haja disse me disse, assim, somente amanhã haverá repercussões e teremos de ficar atentos, afinal representará o primeiro golpe nos pilantras.

— Caro Marcio, vamos redobrar nossas atenções, pois esse fato trará grande abalo a este bando de abutres, será um grande golpe no esquema de Leocadio.

No dia seguinte, já ao final do expediente, o detetive estava em sua sala quando recebeu um telefonema anônimo, no qual um homem fala acerca do esquema:

— *Sr. Mel, sei que o senhor é inspetor ou auditor de São Paulo, enviado pela diretoria para investigar o "esquema de quitações", saiba que está no caminho certo.*

O detetive interrompeu e questionou:

— *Amigo, qual o seu nome? Seja mais claro sobre o que está querendo dizer.*

— *Senhor, o Batossa é café pequeno, não irei me identificar, pois sou funcionário e não concordo com o que o Sr. Leocadio e os demais estão fazendo com a empresa, o esquema é feito com os lojistas que vendem carros, inclusive o Leocadio tem uma conta corrente para onde vão os lucros. Mas é bom o senhor tomar cuidado, pois os demais, que vieram de São Paulo, viram o problema, mas preferiram não meter a mão nessa cumbuca, inclusive se tornaram amigos do Sr. Leocadio.*

O detetive pediu detalhes:

— *Sabe em que banco existe tal conta?*

Subitamente, a ligação foi interrompida e, após mostrar a gravação da referida ligação ao Sr. Marcio, o detetive esclareceu:

— Já rastreei a ligação, foi feita de um telefone público em Copacabana e não temos como identificar a pessoa, mas sabemos que a maioria pensa que a demissão de Batossa aconteceu por conta do «esquema de quitações» e isso causará muito mais impacto do que pensávamos.

O detetive ainda observou:

— A pessoa que ligou acentua que o esquema se baseia em conseguir o máximo de desconto possível por parte do banco. Uma vez autorizado, fecham um acordo, com a participação de lojista, cujo valor é acima dos valores que o banco autorizou. Além disso, retiram o valor do honorário do escritório, por exemplo, um contrato cujo valor é de 90 mil reais, por conta da enorme faixa de atraso, o banco autoriza quitar por 50, sendo 45 mil para o banco e mais cinco mil de honorário para o escritório.

Bruscamente, e apreensivo, Marcio interrompeu o detetive:

— Nossa! Já desconfiava disso, mas como o senhor enxerga esse problema? E na sua visão, na prática, como isso funciona?

De forma incisiva o detetive explicou:

— Ocorre que para o devedor oferecem valor de, por exemplo, 70 mil reais, ou seja, 20 mil a menos do valor considerado normal, e 25 mil a mais do que o banco autorizou. O devedor, por sua parte, fica feliz, fecham o negócio e fornecem comprovantes fraudulentos. Porém, não satisfeitos, para o banco e para o escritório, emitem prestação de contas de 45 mil, que é o valor que o banco exige. Assim, na prática, o banco fica satisfeito, nossa empresa performa junto ao mesmo, mas não recebe honorário algum, conta de simples.

— Mas como pode ser isso? — questionou Marcio.

O detetive, com a fisionomia fechada, observou:

— Lembre-se de que tudo passa pela mão do Sr. Leocadio e ele tem carta branca de nossa diretoria para atuar na cobrança, por isso ninguém o questiona, mas aí reside uma verdadeira traição.

O gerente desferiu um soco sobre a mesa e, demonstrando revolta, extravasou:

— Desgraçados! Com o passar do tempo, isso vai minando a parte financeira da empresa!

Mel complementou a ideia:

— Sem dúvida. Resumindo, nosso escritório performa junto ao banco, aparece bem no ranking, o prêmio que recebe do banco é rateado entre a equipe, promovendo maior salário aos negociadores coordenadores e ao supervisor, que ganham premiação. Grosso modo, as metas são batidas, mas somente nossa empresa fica sem receita e ela mesma ainda tem de premiar os safados.

O detetive terminou sua explanação e interrompeu a reunião para atender ao telefonema do Dr. Heghi. Após desligar, já avisou que iria ouvir algumas ligações telefônicas e Marcio se retirou, indo para sua sala.

# CAPÍTULO IV

# UM ATENTADO EM COPACABANA

Naquele sábado, o detetive decidiu ir à empresa para adiantar algumas providências que seriam colocadas em prática na semana seguinte. Aos sábados, esporadicamente, metade do pessoal fazia plantão e ele lá ficou até meio-dia. Posteriormente, para relaxar um pouco, Mel foi até a conhecida Adega Pérola, em Copacabana, degustar um bom vinho acompanhado por uma tábua de frios.

Refletindo sobre a situação encontrada no Rio de Janeiro, mais do que nunca estava certo de que sua presença incomodava de verdade, cada vez mais se confirmavam as suas convicções. Sabia de maneira indiscutível que a organização corrupta e criminosa atuava como um verdadeiro e indesejável sócio oculto, muitas vezes atuando de maneira camuflada com ações furtivas, secretas e veladas.

Para Mel, a equipe de cobrança se configurava em uma real quadrilha, que, aliás, exercia influência enorme em todos os departamentos, tendo Leocadio não só como líder, mas também como mentor, fazendo questão de centralizar as ações em torno de si, e Ivano exercia um papel ameaçador, era incumbido de trazer mais membros e, também, era o responsável por ameaçar e pressionar os funcionários.

Pelas reações de Leocadio e seus pares, talvez tenha subestimado seus inimigos, pois, diferentemente de suas impressões iniciais, apenas os considerando saltimbancos, ou meros espertalhões, incapazes de chegar às vias de fato, o detetive percebeu que eles eram mais insolentes do que imaginara e que sua vida no Rio não seria fácil, devendo se precaver mais ainda, pois represálias haveria.

Ao sair do bar Pérola, optou por caminhar um pouco até a Avenida Atlântica para apreciar a orla carioca da Zona Sul. Após já ter caminhado um ou dois quilômetros, o detetive encerrou seu passeio, mas antes de ir parou em frente a uma faixa de pedestre, aguardando o momento certo para atravessar a rua e ver mais de perto o conhecido Copacabana Palace.

Repentinamente, um alvoroço. Um carro invadiu a calçada, outras pessoas tentaram se proteger, mas o veículo veio mesmo na direção do detetive, que, habilmente, demonstrando um reflexo apurado, colocou as mãos sobre o capô do veículo e, utilizando seus braços como alavanca, se jogou para trás, caindo com certa violência na calçada, enquanto o veículo se evadia.

Várias pessoas foram socorrê-lo, nada de mais grave aconteceu e ninguém anotou as placas do veículo. Em seguida Mel chamou um táxi.

Enquanto o veículo passava pela orla, o detetive se perdia em pensamentos, tentando entender tudo. Incomodava-se, pois aquele carro que o atingiu parecia familiar, além do mais, tinha com ele a convicção de que o ocorrido estava ligado aos problemas da empresa.

Já no hotel, ao final do dia, aquele episódio apenas reforçou sua intenção de ir a fundo e desmantelar aquela quadrilha e que deveria realmente redobrar sua atenção. O acidente ficaria apenas em sua memória, já que não tocaria nesse assunto com ninguém da empresa.

O ocorrido em Copacabana deixou o detetive apreensivo, pois, embora ele estivesse cansado, sua mente continuava a maquinar acerca da quadrilha comandada por Leocadio.

Como não conseguiu dormir, resolveu abrir seu notebook a passou a ouvir as ligações do inimigo gravadas naquela semana.

Após ouvir várias ligações, finalmente acessou uma conversa de muita relevância e extremamente reveladora, entre dois funcionários integrantes do esquema, Sergio e João, que ocorreu na sexta-feira, ou seja, um dia antes da tentativa do atropelamento:

*João: Oi, Sergio, é o João.*

*Sergio: Diga lá, o que tá pegando?*

*João: Como foi a conversa com Leocadio? O que ficou combinado sobre o bigodudo?*

*Sergio: João, amanhã vai ser quente, pois aquele intrometido paulista vai dançar.*

*João: Mas como será?*

*Sergio: Ficamos sabendo que amanhã ele virá ao escritório, então vamos tentar pegá-lo e desta vez será pra valer.*

*João: Qual é a ideia?*

*Sergio: João, o cara sempre está atento, mesmo assim o Edu irá segui-lo, ele é bom nisso e no momento certo ligará para mim informando onde ele está e eu, com meu Landau, irei atropelar o cara, será para acabar com ele.*

*João: Caraca! Mas irão identificar seu carro, como farão?*

*Sergio: Tá tudo acertado, a gente falou com um polícia amigo de Leocadio, já tem uma queixa de roubo que irá aparecer no sistema só amanhã de manhãzinha, na primeira hora, e ficará por três dias, quando o carro será encontrado. Até lá ele fica moqueado.*

*João: Mas e se o cara escapar?*

*Sergio: Pelo menos bem machucado irá ficar e sentirá na pele, ficará com medo e irá embora do Rio, essa é nossa esperança. João, depois a gente se fala mais pelo celular.*

Aquela ligação, para o detetive, foi um descuido da parte deles, mas deixou claras as suas verdadeiras intenções.

Mais uma vez, o detetive não contaria nada a ninguém sobre a ligação e o ocorrido em Copacabana, mas teria de se acautelar muito mais.

# CAPÍTULO V

# MEL FECHA O CERCO

Várias semanas se passaram, por volta das 20h, após um dia exaustivo, Mel foi até o 23º andar, onde ainda se encontravam o chefe da cobrança Leocadio, Ivano, alguns encarregados e vários negociadores, todos integrantes do esquema, inclusive alguns falando ao celular.

Imediatamente Mel desceu no 22º andar e procurou o gerente, Marcio, para conversar, ocasião em que fez algumas observações.

— Marcio, precisamos conversar, quero falar-lhe.

Percebendo a fisionomia carregada do detetive, questionou:

— Claro pode se sentar. O que o preocupa neste momento?

Mel, com a sobrancelha esquerda levantada e com expressão facial fechada, disse ao gerente:

— Marcio, sei que o horário de trabalho se encerra às 18h, eu, você e um ou outro advogado ficamos até mais tarde para adiantarmos os trabalhos, mas o Sr. Leocadio, seus encarregados e alguns negociadores, por quais motivos ficam na empresa?

— Segundo eles é para adiantar a programação do dia seguinte e assim tem sido desde sempre.

— Marcio, gostaria de saber como funciona isso, ou seja, ao irem embora, eles vão direto daquele andar para o elevador?

— Sim, ao terminarem um deles me avisa pelo telefone, trancam o andar e vão para casa.

Mel explicou que aquele procedimento teria de ser alterado:

— Neste caso, creio que seja saudável todos irem embora, assim como os demais, ou seja, às 18h. Teremos de subir ao 23°, providenciar o desligamento das máquinas e o senhor tranca o andar.

O gerente, demonstrando certa surpresa, indagou:

— Então eles não mais terão as chaves daquele andar?

— Perfeitamente, essa é uma das ações, ou seja, teremos mais controle sobre eles e o espaço da empresa. Aliás, nenhuma chave de acesso às dependências da empresa deve ficar com eles, somente eu e a gerência teremos as chaves, ou mais alguém que tenhamos certeza de que não faz parte desse bando.

Marcio, ainda, observou:

— Mel, essa providência os incomodará muito!

— Sem sombras de dúvidas, demonstraremos que o cerco está se fechando, porém essa é uma das intenções, ou seja, pressioná-los, tirando-os da zona de conforto em que se encontram, muito embora as demissões que já fizemos certamente os irritaram muito.

Mel, já cansado, após um dia de trabalho, levantou-se para se despedir.

— Bem, creio que por hoje chega, Marcio, acho que irei comer algo fora do hotel. Caso queira me acompanhar, será um prazer.

— Mel, hoje eu tenho compromisso com minha esposa, mas não faltará oportunidade.

— Certo, estou acostumado à solidão. Amanhã cedo estarei aqui.

O detetive rapidamente foi até o elevador. Já na Praça da Cinelândia, em frente ao edifício, caminhando em direção ao hotel, passou por uma das pequenas ruelas mal iluminadas do centro, que dá acesso à Rua Álvaro Alvin, onde fica o hotel, e teve a nítida impressão de que estava sendo seguido. Repentinamente olhou para trás e viu três homens. Ao perceberem que foram vistos, um deles fingiu falar ao celular e todos mudaram de direção.

Em dias anteriores, o detetive teve a mesma sensação, mas não viu ninguém. Porém desta feita foi diferente, apressou o passo e, ao chegar à entrada do hotel, olhou para trás. Como já estava em local bem mais movimentado, nada mais observou, mas ficou intrigado.

Na manhã seguinte, após tomar seu café da manhã, Mel se dirigiu para mais um dia de trabalho, sempre atento. Chegando ao escritório encontrou com Marcio, que também chegara instantes antes.

— Bom dia, Marcio, eu preciso falar-lhe. Estou no auditório.

Para ficar mais isolado, o detetive se instalara no auditório, provisoriamente, de onde, por meio de seu laptop, se conectava ao sistema de telefonia para ouvir as ligações de alguns funcionários e enviava seus e-mails. Também ficava mais à vontade para falar via telefone com São Paulo.

Após alguns minutos, chegou Sr. Marcio.

— Pois não, Mel, o que houve? Parece-me meio que preocupado.

O detetive falou sobre o episódio da noite anterior:

— Caro Marcio, ontem, quando me dirigi ao hotel, com convicção eu posso lhe afirmar que estava sendo seguido por três homens.

Surpreso, Marcio questionou o detetive:

— Tem certeza disso? Talvez tenha sido impressão sua.

— Marcio, eu estou acostumado a investigações, não me deixo levar por meras impressões, minha profissão não permite tais equívocos.

Meio que constrangido, Marcio se justificou:

— Lógico que tenho ciência disso, não foi minha intenção ofendê-lo, nem duvidar, mas foi possível reconhecê-los?

— Infelizmente não, porém creio que realmente preciso mudar de hotel. Enviarei um e-mail oficializando meu pedido para que você providencie a reserva em outro hotel.

— Perfeito, providenciarei. Pode me formalizar, mas já tomarei as providências para isso e acho que seria mais seguro, afinal todos sabem que os funcionários que vêm da matriz ficam naquele hotel.

— É, Marcio, seja como for, precaução nunca é demais. Peço para que não comente com ninguém onde ficarei, afinal eles estão acuados e sentem que os estamos cercando.

— Fique tranquilo, Mel, somente as pessoas ligadas à reserva estarão cientes e pedirei sigilo.

— Combinado, então. Agora, vamos ao trabalho de hoje. Vou ver meus e-mails. Não se esqueça de comunicar que todos deverão sair às 18h e recolha as chaves daquele pessoal e do Sr. Leocadio, principalmente. Deixe claro que tal orientação partiu de mim, com a ciência de nossa matriz.

# CAPÍTULO VI

# OUTRAS MAZELAS

O trabalho desenvolvido pelo detetive estava a todo vapor. Com a demissão de Batossa e as contínuas providências, o clima no sítio de negociação ficara carregado. Mel optou por continuar a trabalhar em meio à equipe, não só para observar todos, mas principalmente para deixá-los incomodados.

Naquele mesmo dia, Mel escutou uma ligação na qual o funcionário combinou valores a serem pagos como "café" a um lojista, por uma entrega de veículo por parte de um devedor, onde constatou um tipo de falcatrua praticada pela gangue de Leocadio, fato que imediatamente informou para Marcio.

Ao final do expediente, já por volta de 20h, o detetive se despediu:

— Marcio, realmente hoje eu estou cansado, amanhã falaremos, mas no hotel, pelo meu laptop, irei acompanhar algumas ligações para ver se pego algo mais. Além disso, peço que agilize a busca de outro hotel, pois sinto que no Itajubá estou muito exposto.

— Está bem, Mel. Aliás, já pedi para fazer reservas em um hotel que fica próximo à Praça Mauá, no final da Avenida Rio Branco, mas amanhã lhe passo os detalhes, para que você possa se transferir.

— Maravilha, pela manhã nós conversaremos, pois amanhã mesmo quero me transferir.

Porém, mais uma vez, Mel optou por jantar em um restaurante bem em frente ao hotel Itajubá. Acomodou-se em uma mesa de modo a ter uma visão ampla da entrada.

O detetive, já devidamente acomodado, após tentar falar com a esposa, Isabelle, sem sucesso, ligou para Marcio, para convidá-lo para jantar.

— Marcio, já saiu da empresa?

— Sim, estou no metrô, quase chegando em Botafogo, mas aconteceu algo?

— Não, se acaso tivesse ainda por aqui, iria chamá-lo para jantar comigo e conversar um pouco, mas como já que está quase em casa, deixemos para outro dia.

— Certamente, talvez amanhã, pois hoje irei ao cinema com Rose. Sabe como é, aquelas noites de marido e mulher, para reaquecer os tempos de namoro.

— Claro, fica para outro dia. Até amanhã e se divirtam.

Logo que terminou o jantar, o detetive decidiu tomar mais um chope. Enquanto analisava o movimento ao redor, notou que, do outro lado da rua, dois indivíduos observavam a entrada do hotel e reconheceu ambos como sendo dois funcionários da empresa, da equipe do Leocadio. Eles não perceberam sua presença no restaurante.

O detetive não se conteve e tomou uma decisão arriscada, resolveu pagar a conta e interpelá-los de surpresa. Assim, lentamente se aproximou de ambos e já muito perto perguntou:

— Os senhores estão esperando por mim? Por que vigiam a entrada do hotel onde me hospedo?

Os dois homens, assustados e totalmente surpresos, tentaram se explicar e um deles respondeu:

— Sr. Mel, não queremos fazer nada contra o senhor, apenas pediram para que assim que saíssemos viéssemos para cá ver a que horas o senhor iria chegar.

Com a fisionomia fechada e de maneira bem brusca o detetive questionou:

— Desde quando fazem isso? E este talão que carregam, é para anotações? Deixe-me vê-lo.

Praticamente arrancando o talão das mãos de um deles, o detetive alertou:

— Fiquem calmos.

Imediatamente Mel chamou Sr. Antônio, um dos recepcionistas do hotel que se encontrava na entrada:

— Sr. Antônio, conhece estes dois?

— Sei que trabalham com o senhor, já os vi em dias anteriores. Ficam aí até o senhor entrar, depois vão embora. Até pensei que fossem uma espécie de segurança.

— Sr. Antônio, não são e se vê-los novamente aqui pode chamar a polícia. Pode voltar ao seu trabalho, agradeço. Fique observando até que eu entre, irei conversar com os rapazes.

Após o Sr. Antônio se retirar, o detetive leu o que estava escrito no talão e questionou os espias:

— Pois bem, senhores, eu quero a verdade. Minha paciência já se esgotou, pelo que vejo os senhores têm anotado os horários que chego ao hotel. Agora, quem lhes pediu isso? Garanto que essa informação fica entre nós, mas quero a verdade.

Muito assustado um deles respondeu:

— Sr. Mel, o Leocadio pediu para que o vigiasse, não tivemos opção. Não queríamos essa missão, mas o Sr. Ivano nos ameaçou e tem outros que o seguem durante o dia.

O detetive rapidamente analisou a situação e disse para ambos:

— Olha, vocês falarão para o Leocadio e para o Ivano que eu os vi, mas que disfarçaram e foram embora. Assim, pelo menos vocês não se prejudicarão. Quanto a mim, irei esquecer que os vi, mas quando eu precisar de alguma informação conto com vocês.

— Está bem, Sr. Mel, ficamos agradecidos, pois nós não fazemos parte do esquema deles. Apenas sabemos que existe, mas, como todo mundo, nós também temos medo deles.

— Ok, por enquanto eu vou acreditar em vocês, mas além do esquema de quitações e entregas de veículos, sabem algo mais? Sejam sinceros.

Ambos trocaram olhares, engoliram em seco e com muito medo um deles disse:

— Senhor, não sabemos direito, mas se o senhor falar com a senhora Rosália, que trabalha na negociação de pesados, onde a comissão é muito alta, ela pode falar com mais detalhes, pois nós mesmos não temos certeza.

Impaciente, o detetive questionou com veemência:

— Desembuchem logo, digam o pouco que sabem.

— Está bem, parece que as meninas negociadoras dos contratos de caminhões e contratos de alto valor contribuem com parte do salário para Leocadio, mas não sabemos se são boatos, nunca ninguém confirmou isto.

Consternado, Mel pediu para ambos irem embora. Ao chegar a seu quarto, ficou na janela, perdido em pensamentos, inconformado com o que acabara de ouvir, mas sabia que teria de averiguar com muito cuidado tais informações.

No dia seguinte, falou com Marcio sobre o assunto, que, por sua vez, disse que iria falar com duas funcionárias, as quais vinham demonstrando insatisfação com o esquema e pareciam que queriam colaborar.

No entanto, o detetive afirmou:

— Essa questão de possível pagamento feito por funcionários para Leocadio por enquanto são boatos, mas no momento temos que focar nas quitações, pois dessas temos certeza. Peço a você que continue checando mais notícias sobre o esquema de pagamento de funcionário para Leocadio, assim que você tiver algo mais concreto, me avise.

Mais tarde, quando Mel se acomodou em uma das mesas, bem em meio aos negociadores, percebeu que mais uma vez sua presença incomodava todos, principalmente Leocadio e Ivano, já que eram os articuladores do esquema de quitações e outras falcatruas.

Já se aproximava do horário de almoço. Mel acabara de ouvir uma ligação interna, entre Leocadio e Dr. Felinto Catalão, um dos responsáveis pelo departamento jurídico, claramente não simpatizante da presença do detetive, e se dirigiu ao auditório para conversar com Marcio sobre a ligação.

Na conversa, Mel fez um alerta para Marcio:

— Marcio, você pode perceber nesta ligação a gravidade da situação, pois fica claro que a maioria do corpo jurídico aqui do Rio é no mínimo conivente com o esquema de Leocadio.

Demonstrado total decepção, após ouvir que na conversa se referiam a Mel como X-9 e se incomodavam com suas interferências, o gerente questionou o detetive:

— Você acha que os advogados participam do esquema de Leocadio e seus parceiros?

— Com sinceridade, certamente que não, mas tanto o chefe do jurídico, Dr. Alec Sandro Silva, Dr. Felinto e outros sabem da existência das falcatruas engendradas por Leocadio. Eles se calam, já que não nutrem fidelidade para com a empresa, com exceção da Dr.ª Flavia Mohamed, com quem podemos contar.

Marcio, se sentindo extremamente revoltado com toda a situação, com vigor indagou:

— Mel, estamos perdidos, cercados por safados, como resolveremos tudo isso?

— Calma, continuaremos interferindo na cobrança de maneira a atrapalhar as negociatas de Leocadio e seus comparsas, enfraquecendo seu esquema.

O detetive continuou sua explanação:

— Marcio, eu tentei evitar, mas aquela ideia de proibir celulares terá de ser colocada em prática. Assim, envie um comunicado informando que a partir de amanhã não mais poderão ser utilizados aparelhos celulares na negociação e fiscalizaremos pessoalmente o cumprimento dessa determinação. Vamos deixar o jurídico de lado, por enquanto, nosso foco deverá ser a cobrança. Antes de almoçarmos já envie esse comunicado, faça uma rápida reunião com o supervisor Leocadio e os encarregados.

Por volta de 15h daquele dia, Mel, em meio à cobrança, resolveu ir até o auditório, onde poderia fazer algumas ligações. Foi quando, ao descer as escadas, foi interpelado por uma funcionária, que, demonstrando certo receio, disse ao detetive:

— Sr. Mel, a proibição de celulares desagradou o supervisor e seus amigos, só peço que tome cuidado.

A funcionária se retirava quando o detetive, carinhosamente, a deteve pelo braço e questionou:

— Sei que está com medo, mas não tenha receio de mim. Me diga: sabe algo que possa me ajudar?

Surpresa com o questionamento, a moça afirmou:

— Não quero me envolver, não me podem ver falando com o senhor, mas uma coisa lhe digo: o Sr. Leocadio recebe dinheiro desses acertos de quitações e outras coisas e está fazendo uma grande reforma na casa onde mora, às custas da empresa.

Mel tentou conversar mais com a moça, mas ela, receosa, retirou-se. O detetive ficou ainda mais revoltado e foi procurar Marcio para conversar sobre o ocorrido.

Já no auditório com o gerente, Mel procurou saber mais:

— Marcio, o que a moça me disse é dito pelos corredores à boca pequena, será que é isso mesmo?

— Bem, isso é muito possível, mas esse boato já correu algumas vezes.

Na noite daquele dia, Mel demorou para dormir. Após refletir sobre tudo, decidiu que tomaria decisões mais pontuais com urgência.

Muitas modificações e providências vinham sendo tomadas para enfraquecer o bando de abutres. Já às vésperas de fim de ano, haveria uma festa de confraternização entre os funcionários dos escritórios do Rio e seria em uma chácara na cidade litorânea de Saquarema.

Foi nessa festa que Mel percebeu a revolta do amigo, Dr. Heghi, que, parado em pé, com um copo de uísque, entre um gole e outro, comentou em voz baixa, demonstrando tristeza e indignação:

— Veja, Mel, esses caras de pau estão aprontando em nossa empresa. Ainda serei obrigado a entregar prêmios para eles em nome de uma falsa meta batida.

Por conta desse desabafo, o detetive entendeu que deveria acelerar os trabalhos, para que a empresa, o mais rápido possível, ficasse livre daqueles canalhas.

Para o detetive, toda a situação entristecia o amigo empresário, ele sentia-se invadido, mas impotente para combater os traidores. Por isso Mel acabou se tornando a única saída possível para reverter a conjuntura imposta pelo grupo de Leocadio.

CAPÍTULO VII

# ALMOÇANDO COM O INIMIGO

Retornando às atividades habituais, o detetive então revelou para Marcio uma vontade:

— Marcio, eu tenho uma ideia de ir até o endereço da residência de Leocadio, para averiguar e até tirar fotos.

Imediatamente Marcio se mostrou contrário:

— Mel, eu não creio que seja uma boa ideia, sabe-se lá o que esses caras podem aprontar. Além disso, acho que o Dr. Heghi jamais autorizará isso, pois é muito arriscado.

— Bem, falarei com ele, porém isso é necessário. Aliás, vou ligar agora.

Após falar com o diretor, Mel desligou o celular e, contrariado, disse ao gerente:

— É, você tinha razão. Heghi não quer que eu faça isso, por julgar muito arriscado, mas vou repensar.

O gerente Marcio fez um alerta ao detetive sobre a situação dos celulares:

— Mel, Leocadio e sua equipe estão contra a proibição do uso de celulares e se mostram muito contrariados.

— Claro, sabíamos que teriam essa reação, vamos redobrar a atenção.

Após tantas investidas de Mel, as ligações telefônicas e as providências tomadas, estavam causando verdadeiro clima de insatisfação na gangue de Leocadio.

Mel, acompanhado de Marcio, resolveu tomar uma providência drástica, que iria ter desdobramentos complicados para o detetive.

Ao final do expediente, Mel, em reunião com Marcio, definiu que naquela noite iriam retirar os computadores da equipe que negociava contratos de altíssimos valores, chamada de carteira de pesados, que envolviam caminhões, transferindo para o 21º andar, passando o controle dessa equipe para o detetive e o chefe de cobrança das equipes chamadas de massificados. Marcio, demonstrando preocupação, disse para o detetive:

— Mel, transferir a equipe de pesados para o andar 21, tirando o controle de Leocadio, será um choque para ele. O que diremos?

— Bem, definitivamente isso será um enorme golpe, afinal é a carteira mais rentável e que possibilita a eles retirarem maior receita para seu esquema. Enviaremos hoje à noite, após o expediente, um e-mail comunicando a mudança. Durante a noite, chame a equipe de TI, já faremos as transferências dos computadores e logo que chegarem, pela manhã, tomarão um choque e certamente virão nos questionar. Apenas diremos que foi ordem da diretoria e pronto.

O detetive fez uma observação:

— Caro Marcio, a equipe de pesados, que é de alta rentabilidade, só tem mulheres. Não que elas não mereçam, mas estão lá porque Leocadio certamente julga que são mais fáceis de dominar.

Na manhã seguinte, foi um verdadeiro alarido. Acompanhado de Ivano e mais dois encarregados, Leocadio, revoltado, interpelou o detetive:

— Sr. Mel, estamos fazendo tudo certo, o que houve?

— Por que transferiram a equipe de andar?

Sombras de azienda: crimes e corrupção no mundo empresarial

— Afinal, sou eu o responsável.

O detetive, com certa satisfação interna, respondeu objetivamente para Leocadio:

— Ouçam, somos meros soldados, cumprimos ordens. Foi uma determinação da diretoria, adotando nova estratégia, nada de mais, assim como consta no comunicado que está na caixa de e-mails dos senhores. Logo, daqui por diante, esqueçam-se da equipe de pesados, sobrará mais tempo para se dedicarem mais às demais carteiras.

Demonstrando estar totalmente contrariados, afinal aquela carteira era um veio de ouro, Leocadio e seus iguais se retiraram, com cara de poucos amigos.

Já passava das 11h da manhã do dia seguinte quando o detetive recebeu um telefonema de Ivano, braço-direito de Leocadio:

— Sr. Mel, aqui é Ivano, preciso conversar com o senhor. Podemos nos encontrar?

— Claro, estou aqui no auditório. Neste momento não tem ninguém na sala, pode vir.

Imediatamente Ivano esclareceu:

— Preferiria que fosse fora da empresa, ficaríamos mais à vontade.

O detetive, de modo sarcástico, respondeu:

— Sr. Ivano, aqui na empresa me sinto à vontade, mas se o senhor prefere, diga onde.

— Poderia ser hoje ao meio-dia, no horário de almoço?

Mel confirmou e definiu o ponto de encontro.

— Sim, me encontre na praça, em frente ao Amarelinho.

O detetive sabia da importância de Ivano no esquema de Leocadio, pois, além de ser um dos cabeças, era incumbido de intimidar as pessoas. Ivano residia no Complexo do Alemão, uma das grandes favelas do Rio e mais perigosas, por isso mesmo todos o temiam.

49

E por tais fatores, Mel tinha consciência de que seria importante ouvir o que Ivano tinha a dizer, porém precisava tomar cuidado e, para não preocupar Marcio e Dr. Heghi, não comentaria nada sobre o encontro.

Como almoçavam antes do meio-dia, Marcio procurou Mel para almoçar, como sempre faziam, mas desta feita Mel foi obrigado a inventar uma desculpa:

— Marcio, hoje, excepcionalmente, eu irei mais tarde, pois terei de passar no banco e outros afazeres.

Na hora do almoço Mel, ao chegar ao térreo, resolveu sair pela portaria secundária, com saída para rua de trás, enquanto se esperava que saísse pela portaria principal.

Essa estratégia, além de ser uma precaução de Mel, o faria chegar de surpresa, o que de certa forma mostraria que era ele quem estava no comando das ações.

Ivano estava na calçada em frente à saída principal do prédio quando ouviu a voz de Mel:

— Sr. Ivano, já estou aqui.

Um tanto surpreso, respondeu:

— Puxa vida, o senhor me assustou. Eu o aguardava aqui na portaria do prédio.

O detetive, novamente se utilizando de seu sarcasmo, questionou:

— Ora, saí pela outra portaria, mas o senhor parece tenso. Algum outro problema?

Aquele homem, que tinha por costume intimidar as pessoas, de maneira sem graça, demonstrando nervosismo, como quem tenta se recompor, respondeu:

— Não, absolutamente, está tudo em ordem.

Mais uma vez, Mel deixou claro quem era o condutor daquele encontro.

— Ivano, tenho outros afazeres. Vamos almoçar rapidamente aqui mesmo, no Amarelinho, mas na parte interna, lá no fundo, onde temos mais privacidade.

Ivano fez ao detetive outra proposta:

— Mas eu pensei em almoçarmos perto de minha casa, pois lá tem um restaurantezinho muito bom, simples, mas aconchegante. Ficaremos mais à vontade, além do mais, faço questão de pagar.

— Sr. Ivano, é como lhe disse, tenho outros afazeres e indo lá demoraremos muito. Assim, iremos almoçar aqui no Amarelinho. Além disso, não estou interessado em aconchego, só quero privacidade e segurança, aqui é o ideal. Mas quanto ao senhor pagar meu almoço, agradeço, mas não carece. A empresa já me garante a refeição e para o senhor também.

Mesmo contrariado, Ivano concordou. Ao entrarem no restaurante, um dos garçons se dirigiu ao detetive:

— Sr. Mel, pode me seguir, a mesa que o senhor me pediu está reservada, fica bem ao fundo.

O detetive já havia reservado e foi proposital, pois sabia que, embora o restaurante ficasse ao lado do escritório, a maioria dos funcionários não almoçava ali, pois seus preços são um pouco mais caros e, principalmente, pelas conversas que deveriam acontecer relacionados ao esquema. Além disso, Mel frequentava o local com bastante regularidade, principalmente à noite, e todos os garçons já o conheciam.

Mel queria mesmo tomar a frente da conversa e, de pronto, questionou Sr. Ivano:

— Ivano, o tempo é curto. Como nossa conversa pode demorar mais do que gostaria, afinal, qual o motivo de sua vontade em falar comigo?

— Bem, sei que senhor crê que existam coisas erradas aqui na cobrança do Rio e quero deixar claro que eu desconheço que haja algo errado...

O detetive interrompeu-o bruscamente:

— Ora, Sr. Ivano, o meu trabalho na empresa é visitar nossos escritórios e departamentos, verificar erros corriqueiros, erros mais pontuais, sejam administrativos, na cobrança, no jurídico ou até no departamento de pessoal. Identifico, tomo as providências necessárias, apresento o relatório para a diretoria e sigo em frente.

— Mas Sr. Ivano, já que estamos aqui, o senhor poderia me ajudar com algumas informações? Seria possível?

— Lógico, se eu puder, sem dúvidas.

— O senhor já está na empresa há um bom tempo, me diga: qual sua opinião sobre seu superior direto, Sr. Leocadio? Sei que são chegados, mas tudo o que me disser fica entre nós. Não morro de amores por ninguém, além disso nunca queimo uma fonte.

Procurando ser convincente, enalteceu seu chefe:

— Leocadio é um negrão muito competente, trabalha muito, sabe tudo de cobrança. Inclusive, atendendo a um convite da diretoria, foi até São Paulo a fim de fazer reuniões com as equipes de negociação de lá, explicando as técnicas de cobrança para tentar demonstrar as estratégias de como bater todas as metas, ganhar prêmios das financeiras e da nossa empresa.

— Muito bem, Ivano, toda a equipe faz muitos contatos com lojistas. Me diga: em que esses lojistas nos ajudam?

Nesse momento, Ivano franziu a testa, olhou para os lados, tomou um pouco do suco, deu mais uma garfada e respondeu, tentando demonstrar equilíbrio:

— Olha, certamente sendo o senhor de outro local desconhece os costumes e algumas manias do pessoal daqui. Acontece que os financiados, qualquer problema que tenham, principalmente com o pagamento de parcelas, procuram os lojistas e eles, para atenderem ao cliente e até para nos ajudar, mantêm contato com a gente para resolver o caso. Já informamos que tem que nos procurar, mas não adianta, é costume do pessoal.

— O senhor tem certeza de que é só por isso e não existe outro interesse dos lojistas?

— Claro, a intenção deles é somente nos ajudar, assim evitam que o cliente reclame para o banco e fica tudo certo.

— Me diga: qual o seu conceito com nosso gerente-geral, Sr. Marcio? Ele sabe desses detalhes?

— Ele cuida bem do escritório, acredita em nosso trabalho, afinal todos os meses batemos todas as metas, sempre ficamos em primeiro lugar. Aqui nós ganhamos muita premiação pelo nosso trabalho, por isso nada ele teria de reclamar, já que somos nós que fazemos o resultado, mas ele sabe que mantemos contato com os lojistas e mesmo assim é cismado conosco.

Mel, pensativo, indagou:

— Uma coisa: os funcionários que são admitidos na cobrança, quem os contrata?

— O pessoal do RH faz os procedimentos iniciais, depois a esposa do Léo, Sra. Diana, que é chefe do setor, agenda entrevista comigo ou com os encarregados. Somos nós que avaliamos e definimos quem está aprovado.

— Quem definiu esse fluxo? Foi nossa matriz?

— Foi o próprio Léo e Diana. Como ele tem carta branca da diretoria, o gerente Marcio teve de concordar.

O detetive, de maneira incisiva, pressionou Ivano:

— Gostaria, Sr. Ivano, de saber o que quer de mim. Por favor, seja objetivo.

— Sr. Mel, nós aqui estamos trabalhando muito, nossa equipe sempre bate as metas e nossa empresa fica bem com os bancos. Sua presença tem causado certo incômodo e esses números poderão cair e nossa diretoria não irá gostar.

Impacientemente, Mel questionou:

— Ivano, está me pedindo para não fazer o meu trabalho? Por acaso isso é uma ameaça?

— Sr. Mel, as estratégias adotadas por Leocadio vêm dando certo, o banco e as financeiras, que são nossos clientes, ficam contentes com os resultados, nossa equipe sempre ganha premiações e isso dá tão certo que outras pessoas da matriz que vieram para cá sempre nos deixaram em paz e nunca atrapalharam nosso trabalho. Seria interessante o senhor se preocupar com outros setores, assim todos ficam felizes.

O detetive, com fisionomia carregada e demonstrando descontentamento, com vigor respondeu:

— Sr. Ivano, quem pode parar o meu trabalho é somente a diretoria, que já me deu autonomia total. Isso mostra que algo está muito errado.

— Sr. Mel, a proibição de utilizar celulares nas negociações afetará os números. A retirada da equipe de pesados do controle do Leocadio, não tem motivo para isso.

Mel interrompeu:

— Bem, por que isso os incomoda tanto? Afinal, as negociações continuarão pelo sistema fixo de telefonia. E quanto à equipe de pesados, Sr. Fabio, do massificado, e eu cuidaremos da coordenação. Sei muito bem as razões para isso e os senhores também sabem, porém não iremos entrar em detalhes, não seria bom para o senhor.

O detetive tomou um gole de seu refrigerante e fez um alerta:

— Deixo claro que meu trabalho continuará e quem estiver fazendo algo errado pode se preparar, afinal é meu trabalho consertar as coisas.

Mel não deu folga e continuou falando:

— Tem outra coisa, Sr. Ivano, sei que o gerente Marcio se tornou refém de algumas situações, eu estou aqui para colocar as coisas no eixo. Essas providências e até as demissões que estamos fazendo são parte desse processo e, independentemente das posições dos senhores, isso terá continuidade.

— Sr. Mel, com tais demissões o pessoal pode ficar meio com bronca do senhor, mas, por outro lado, o senhor poderia receber algumas vantagens e deixar as coisas como estão. É só uma ideia, afinal não existe nada de errado.

O detetive, demonstrando muito furor, esclareceu:

— Sr. Ivano, escute com atenção o que lhe falarei: não sei ainda o tamanho do problema que estou enfrentando, mas meu trabalho continuará. Sou profissional de carreira, apenas coloco as coisas nos trilhos corretos. Se está tentando algo parecido com suborno, isso comigo não funciona e mais, algum tempo atrás recebi um bilhete ameaçador, dizendo que eu poderia sair ferroado. Sei que tal bilhete foi enviado pelo senhor, nem tente negá-lo, isso pode piorar as coisas. Assim, adianto que os senhores não me conhecem, mas eu os conheço e afirmo que não tenho medo de morrer, mas de maneira alguma pretendo morrer, por isso, se alguém quiser tentar algo, irá encontrar muitos problemas, pois estou preparado.

Ivano se surpreendeu com a reação do detetive, mas Mel continuou:

— Aliás, Sr. Ivano, esta conversa terminou. Já que acabou seu almoço, peço que se retire, pague sua refeição e pode ir.

Nesse momento, o detetive deu um sinal a um dos garçons, com quem já combinara anteriormente, que se aproximou pedindo para Ivano acompanhá-lo até o caixa.

Ivano, até meio atônito com a atitude de Mel, se levantou, mas, antes de ir embora, se debruçando sobre a mesa, em voz baixa, quase aos sussurros, disse ao detetive:

— Sr. Mel, não se ofenda, mas a meu ver o senhor é um tolo. Saiba que seus colegas, que estiveram aqui anteriormente, perceberam e sabiam o que estava acontecendo, mas se omitiram, fingiram que nada viram, pois não queriam mexer nesse vespeiro. Afinal, o banco sempre nos premia, inclusive vários deles se tornaram nossos amigos. Assim, aconselho que deixe as coisas como estão, afinal não existe nada irregular. Siga o exemplo dos que vieram da matriz anteriormente, aquele bilhete sobre ferroada é a pura verdade.

Após Ivano se retirar, Mel permaneceu na mesa por algum tempo, aproveitou e ligou para seu escritório em São Paulo. Quem atende foi justamente Tibúrcio, com quem queria falar.

— Caro Tibúrcio, a quantas andam por aí?

— Tudo em ordem. E aí no Rio, quais são as últimas?

— Bem, devo dizer que as coisas por aqui estão fervendo. Aliás, acabei de ter uma conversa com Ivano, o braço-direito de Leocadio e peça importante do esquema. Almoçou comigo, mas ninguém sabe disso.

— E como foi?

— O safado insinuou me subornar e, também, sinalizou ameaças.

— Como você reagiu e o que disse a ele?

— Deixei claro que meu trabalho não será interrompido e que nada temo, só sei que o cara não esperava por isso.

— Mel, tome cuidado, sabe-se lá do que esses caras são capazes. Você irá comentar com Sr. Marcio ou com Dr. Heghi?

— De maneira alguma, pois, se eu falar, ambos ficarão preocupados e isso eu não quero. Aliás, fatos como esse guardarei somente para mim em minhas anotações.

— Mel, se acaso precisar que eu vá para o Rio, sem dúvidas irei.

— Não, meu amigo, eu estou tomando cuidado. Inclusive, como eu havia comentado contigo, já mudei de hotel, fica no início da Avenida Rio Branco, próximo à Praça Mauá. É um hotel antigo, grande, cujos hóspedes são muito diversificados, muitos nigerianos, angolanos, portugueses, uma clientela não muito seleta, mas é mais distante do escritório. Estou tomando todas as precauções para que não saibam onde estou.

— Mel, este final de semana você vem para São Paulo falar com o doutor e ver Isabelle?

— Sim, farei um relatório para Heghi, mas, como te falei, alguns acontecimentos não irei relatar, evitando assim expectativas ou inquietações desnecessárias.

Após falar com Tibúrcio, Mel retornou para o escritório e enfrentou o resto do dia.

Trabalhando no andar onde ficam as equipes de negociação, pessoas espalhadas em mesas, como sempre, percebeu que todos ficaram atentos aos seus movimentos. Na mesa da chefia, Leocadio disfarçadamente observava o detetive. Além disso, o ambiente naquela tarde parece mais carregado.

CAPÍTULO VIII

# OUTRO ATAQUE CONTRA MEL

Depois do expediente, Mel e Marcio foram tomar um drink e comentar os fatos do dia. Marcio fez um comentário:

— Mel, hoje foi um alvoroço. As mudanças que promovemos, somadas às demissões que acontecem todos os dias, estão realmente causando suspense e inquietação.

— Certamente. Aliás, essa é a intenção, temos de mostrar a essa cambada que estão sendo observados. Além disso, as ligações telefônicas que tenho ouvido provam que existem negociatas reais com os lojistas, agora essas tratativas ficaram, no mínimo, mais problemáticas, já que não podem se utilizar dos celulares.

Marcio externou algumas preocupações quanto à reposição de funcionários:

— Mel, as demissões não estão enfraquecendo o esquema, pois parece que quem entra já está orientado. Inclusive, uma pessoa de outro escritório alertou que um funcionário que contratamos recentemente já participava de negociatas com lojistas, tanto em quitações como nos contratos que envolviam entrega amigável de veículo.

Sombras de azienda: crimes e corrupção no mundo empresarial

— Caro Marcio, vamos fechar esta porta também. Daqui em diante, todas as entrevistas de candidatos para o setor de negociação serão feitas por você ou por mim.

— Então, Mel, é justamente isso que vim propor, apenas não sabia sua opinião.

— Sou extremamente favorável, agora basta que você comunique a todos os envolvidos a nova determinação, vigorando a partir de amanhã. Por outro lado, esse cara novato devemos ficar observando de perto, acompanhando suas ligações telefônicas e colocando em uma carteira que não envolva veículos, afinal você é o gerente.

— Amanhã, assim que eu chegar ao escritório, já tomarei todas as providências.

Transcorrido algum tempo, Marcio disse para Mel que teria de ir embora:

— Mel, tenho de ir, amanhã nos falamos.

— Sem problemas, apenas vou terminar minha refeição, fazer uma hora e seguirei para o hotel na Rio Branco. Pego um táxi ou irei de metrô, vá tranquilo.

Antes de ir embora, Mel ligou para Riese, um dos superintendentes da empresa.

— Riese, recebi sua mensagem e estou dando retorno, algo novo?

— Mel, as coisas por aí estão complicadas. Dr. Heghi e eu pretendemos fazer-lhe uma visita para promover uma reunião com Leocadio e seus encarregados. O que você acha?

— Riese, eu estou tocando o dedo na ferida, incomodando muita gente, o ambiente aqui é muito carregado. Leocadio e sua equipe não dão a mínima para as determinações da diretoria, creio que não é o momento de fazer reunião com esses caras, apenas irá expor demasiadamente Dr. Heghi e somente lhe causará muita decepção, pois o que menos importa para esse bando de canalhas é a empresa, somente seus negócios escusos interessam.

— Mel, e como iremos pegá-los?

— Riese, esses caras não são burros, sabem fazer seus rolos de modo a ficar difícil determinar com exatidão um caso concreto que demonstre a responsabilidade deles, é preciso tentar quebrar o andamento de suas negociatas, atacando seus pontos fracos. Assim, a vinda de vocês aqui pouco adiantará e será uma exposição desnecessária.

— Está bem, entendi. Falarei com o doutor para demovê-lo da ideia. Acho que você tem razão, mas tome cuidado.

Naquele mesmo dia, passando das 21h, Mel caminhava por uma das acanhadas e mal iluminadas ruelas do centro do Rio. Iria pegar um táxi na Rua Senador Dantas para chegar até o hotel na Avenida Rio Branco quando ouviu passos. Olhou para trás, percebendo que três homens pareciam segui-lo. Estava muito escuro, apertou o passo, os passos em sua retaguarda também aceleraram, então alguém falou alto:

— Sr. Mel, espere um pouco, gostaríamos de trocar uma ideia.

O detetive não os reconheceu e se apressou mais ainda, estava quase chegando à Rua Álvaro Alvim, que era mais movimentada, mas, de repente, em sua frente surgiu um outro sujeito, que lhe disse:

— Espere, Sr. Mel, só queremos conversar!

Mel, vendo-se ameaçado, desferiu um soco no homem. Sentindo dor, o sujeito levou as mãos ao rosto, enquanto os outros homens, já correndo, se aproximavam.

O detetive correu, alcançou a Álvaro Alvim e entrou no primeiro barzinho que encontrou, se alojando em uma mesa bem ao fundo. Ali havia muita gente, pediu um chope e ficou por algum tempo, quando viu os homens passando do outro lado da rua, apoiando o homem em quem dera um soco, e sumirem em meio aos pedestres.

Muito atento, resolveu pagar a conta e ir embora. Com cuidado, foi até a Rua Senador Dantas, entrou num táxi, mas pediu para o motorista que o levasse até Copacabana. Somente depois se dirigiu para o hotel da Avenida Rio Branco, isso para que não fosse seguido.

Aquele episódio não seria contado para ninguém, principalmente para Marcio e Dr. Heghi, somente em suas anotações, mas com certeza Mel deveria redobrar seus cuidados. Apesar de não ter reconhecido os homens, eles o conheciam, pois até o chamara, pelo nome. A iluminação naquele beco era precária, sequer daria para reconhecê-los, a não ser o homem que recebeu o golpe no rosto, talvez fosse possível.

Quando já estava recolhido ao hotel na Avenida Rio Branco, Mel abriu seu laptop e decidiu enviar um e-mail para Dr. Heghi informando que não iria para São Paulo aquele fim de semana, preferiria permanecer no Rio, pois iria ao escritório no sábado e teria de se concentrar mais no trabalho, assim como no dia seguinte, sexta-feira, já teria de voar para a capital paulista. Comunicou também Heloisa, secretária da diretoria, para cancelar a passagem.

Heghi estava conectado e resolveu telefonar para o detetive:

— Mel, não entendi. Já não havíamos acertado sua vinda para a matriz?

— Sim, doutor, porém creio ser prudente ficar no Rio. Diante de tantos problemas, pretendo ir ao escritório no sábado, já que Marcio estará lá. Precisamos agilizar nossos passos para que possamos adiantar os trabalhos.

— Mel, Riese me pediu para que eu não vá ao Rio para a reunião com o supervisor e os encarregados, já que sua opinião é de que seria infrutífero e eu me exporia demais e desnecessariamente. Analisando por esse lado, concordo com você. Mas quando minha ida seria possível?

Nesse instante o detetive foi incisivo:

— Doutor, a empresa tem um sócio secreto. Esses abutres pouco ligam para as orientações da matriz, além de tudo, eles jogam toda a equipe contra a diretoria, enquanto nós não conseguimos tirar esses abutres daqui. Não seria bom o senhor vir. Quanto a mim, já estou exposto e isso já basta, tomarei todos os cuidados possíveis e, diga-se de passagem, estamos realmente os incomodando por demais.

— Podemos pontuar algum caso específico, como foi feito e quem fez? — questionou o empresário.

— Ocorre que eles sabem o caminho das pedras, conhecem muito bem os meandros no negócio, por isso mesmo sabem como fazer o errado, sem deixar pegadas claras. Sabemos que isso existe e a parceria com lojistas facilita tudo, continuaremos a atacar de maneira a minar suas forças, demitindo e até fazendo acordos de desligamentos. Se conseguirmos um caso concreto onde existem provas específicas contra este ou aquele, deveremos demitir por justa causa. Eles são espertos, mas nosso trabalho tem de continuar, sem tréguas.

O empresário, totalmente desanimado, questionou o detetive:

— Esse sócio secreto, o grupo a que se refere, quem são seus integrantes e suas ramificações?

— Doutor, para ser o mais claro possível, o esquema montado envolve muita gente, principalmente os que ocupam cargo de comando e já fazem isso há mais ou menos três ou quatro anos. É um mecanismo inteligente e que visa desviar de sua empresa valores financeiros por meio de falcatruas em comum acordo com revendedores de automóveis, os quais são chamados de "lojistas". Diante do exposto, digo-lhe que é totalmente inapropriada sua vinda para cá enquanto esses caras estiverem aqui e, acredite, usarei toda a minha experiência para desmantelar essa quadrilha de abutres, bandidos na acepção da palavra.

Após algum silêncio, o empresário se rendeu aos argumentos do detetive e decidiu não ir ao Rio.

No dia seguinte, na sexta-feira, Marcio já havia feito alguns desligamentos, incluindo os dois funcionários que dias atrás o detetive flagrou vigiando-o. O ambiente estava carregado, porém o detetive ouviu a gravação de um telefonema, na qual um lojista com o nome de Ricardo conversava com Ivano.

*Ricardo: Oi, já conseguiu reduzir o valor para quitação?*

*Ivano: Ricardo, já enviei proposta, demos uma maquiada para convencer o banco a aprovar 50 mil, ainda não veio a resposta, mas com as dificuldades financeiras, problemas de saúde, laudo médico ajeitado e a historinha triste que colocamos para justificar o valor, acho que os caras vão aprovar. Além disso, vamos zerar o honorário e o valor cai mais ainda.*

*Ricardo: O normal seria 90 mil, a proposta é 50, menos o h...*

*Ivano, interrompendo-o: Então, a gente considera 50 mil, que seria o valor oficial a receber e repassar para o banco, mas receberemos do cliente 75, os outros 25 é 10 para vocês e 15 para nós, que é o nosso café.*

*Ricardo, retrucando: Mas nossa parte não poderia ser um pouco mais?*

*Ivano: É, aí não dá, tem os meninos da cobrança, que são dois nesse caso.*

*Ricardo: Tá. Entendi.*

*Ivano, irritado com o lojista, fez um alerta: Caraca, da próxima vez tem que falar no celular ou no rádio.*

*Ricardo: Pô! Não consegui contato contigo pelo rádio ou celular. Mais uma coisa: o carro daquele caso do Ladislau já tá aqui para entrega.*

*Ivano: Tá, eu vou te ligar no rádio Nextel pra gente conversar mais à vontade. Aqui é tudo gravado e o bigodudo de São Paulo ainda tá por aqui!*

*Ricardo, impaciente, questionou: Não seria interessante ele sofrer algum "acidente"?*

*Ivano: Olha, o cara não é bobo, não. Além do mais, se tivermos que fazer isso, terá de ser muito bem pensado e executado com cuidado. Talvez um assalto, sei lá... Segura aí que veremos.*

Aquela conversa comprometedora, sendo feita pela rede interna, configurava mais uma falha da quadrilha, pois, mais uma vez, ratificava a existência do esquema. Então Mel resolveu pesquisar o endereço do lojista, precisava olhar de perto, na tentativa de conseguir algo de concreto, e identificou que a loja de revenda de veículos tem o nome de RI-CAR Automóveis, no município de Duque de Caxias, Baixada Fluminense.

Sem comentar com Marcio, Heghi ou qualquer outra pessoa na empresa, no fim da tarde Mel arrumou uma desculpa, saiu pouco antes das 18h, foi até o endereço, próximo à loja, pagou a corrida e dispensou o motorista. Era uma avenida movimentada, muitos comércios e várias lojas de carros, mas no endereço funcionava outra loja de carros com o nome de Fluminense Veículos, onde foi informado que não existia alguém chamado Ricardo.

Mesmo assim, Mel se arriscou um pouco mais, entrou em um bar, quase em frente à loja, se acomodou em um dos banquinhos, pediu uma cerveja e alguns torresmos, iniciando uma conversa com Sr. Genésio, balconista e proprietário do lugar. Foi ele quem deu ao detetive a deixa para entrar no assunto perguntando:

— Qual é o seu nome mesmo...?

— Pode me chamar de Peixoto.

— Então, Sr. Peixoto, vejo que o senhor não é daqui, está procurando algo? Posso lhe ajudar? Será um prazer.

Com muita naturalidade, Mel respondeu ao simpático comerciante:

— É, na verdade posso dizer que sou de todos os lugares, viajo muito, sou representante comercial e sempre venho ao Rio. Desta feita ficarei aqui por alguns meses e pretendo comprar um carrinho baratinho para facilitar minhas andanças.

O Sr. Genésio, muito solícito, exclamou:

— Ah, o senhor veio ao lugar certo. Por aqui tem muitas agências de carros. Conhece alguém por aqui?

— Não, apenas um amigo indicou aquela agência, aí em frente. Pediu para procurar Sr. Ricardo, mas fui até lá e não tem ninguém com esse nome, acho que me enganei de local.

O comerciante, falando baixo, aproximou-se mais ainda e disse:

— Olha, se o senhor não falar que quer comprar um carro, vai ser mais difícil ainda localizar alguém nessas lojas.

O detetive, tentando demonstrar ingenuidade, questionou:

— Como assim?

— O senhor sabe como é, esse pessoal que vende carro é muito "roleiro", possuem várias lojas, mudam muito de funcionários. Esse Ricardo... já ouvi falar, mas nunca o vi. Até polícia já veio aí na loja, mas isso é normal, todas elas têm seus rolos. Os donos mesmo dificilmente aprecem, os que ficam aí são testa de ferro. Mas eu conheço um vendedor, se o senhor quiser pode procurá-lo em meu nome, é gente boa.

Mel desviou o assunto:

— Não, não se incomode. Terei de ir ainda hoje ao centro do Rio, mas se eu precisar falo com o senhor.

Passado algum tempo, o Sol já havia se escondido, Mel pagou a conta, se despediu e foi embora.

Mel pretendia jantar e se recolher mais cedo, afinal, no dia seguinte, apesar de ser sábado, iria ao escritório.

A noite de sexta estava quente. Ele não foi direto para o hotel, optou por comer algo no Amarelinho, ao lado do escritório, onde já se tornara frequentador assíduo.

O garçom, já sabendo das manias do detetive, o levou até uma mesa onde pudesse ficar de frente para a principal entrada do bar.

Após se acomodar, o garçom, chamado por todos de Solano, se curvou um pouco e em voz baixa fez um alerta ao detetive:

— Nós aqui temos de ficar atentos a tudo e todos, por isso eu reparei em três homens, sentados ali na praça, olhando para aqui para dentro como estivessem esperando ou vigiando alguém. Depois um deles se levantou, veio até mim e perguntou sobre o senhor...

O detetive bruscamente questionou:

— O que exatamente eles disseram?

— Bem, um deles me perguntou se o senhor tinha vindo aqui e se viria. Eu disse apenas que o senhor não estava, que não sabemos se viria ou não, mas que somente de vez em quando vem por aqui e que não tem dia certo para isso.

— Perfeita a resposta. E qual foi a reação deles?

— O cara voltou a se sentar com os demais e foram embora.

— Mas, Solano, me diga: você já os viu por aqui?

— Somente um deles, sempre vejo passando em frente. E trabalha na mesma empresa que o senhor.

— Poderia descrevê-lo?

— Sim, é um careca, até acho que é o mesmo cara com quem o senhor veio almoçar dias atrás. Mas os demais nunca vi.

— Está bem, Solano, agradeço a atenção. Agora pode me trazer uma porção meio a meio de carne seca com calabresa e um chope.

Por volta de 22h, Mel havia deixado o bar. Estava a uma esquina do hotel da Avenida Rio Branco quando, de repente, um carro parou e bruscamente quatro homens desceram e passaram a agredi-lo, principalmente nas pernas, abdômen e costas, com socos e pontapés.

Mel, estando em desvantagem e desarmado, tentou se defender utilizando sua valise. Conseguiu correr e alcançar a portaria do hotel, olhou para trás e percebeu que os indivíduos entraram no carro e foram embora, mas se lembrou de que um deles disse: "Não se meta, onde não foi chamado".

Um tanto apreensivo, passado o susto, o detetive pediu na recepção a chave de seu quarto, porém, quando estava indo para o elevador, o recepcionista o chamou:

— Doutor, preciso lhe falar, é rápido.

— Pois não.

Como a roupa de Mel estava totalmente desajeitada, o senhor questionou, com aspecto de preocupação:

Sombras de azienda: crimes e corrupção no mundo empresarial

— Antes de tudo, meu nome é Valdemar, sou o gerente-geral. Preciso saber se o senhor está bem, parece meio agitado. Precisa de algo?

— Não, houve uns problemas com uns caras aí fora, mas estou bem.

O Sr. Valdemar aproveitou e fez um alerta:

— É preciso tomar cuidado, pois logo à frente tem a Praça Mauá, onde infelizmente a frequência não é das melhores. Muitas prostitutas, desocupados e estrangeiros à procura de sexo e outras coisas, aliás, aqui mesmo no hotel existem muitos hóspedes estranhos, por isso fique atento.

O detetive, após assimilar o aviso, perguntou ao gerente:

— Certo, agradeço. Mas sobre o que quer falar?

— Hoje, por volta de meio-dia, quatro homens estiveram aqui perguntando sobre o senhor. É lógico que não dei informação alguma, apenas disse que o senhor não estava e que não sabíamos em que horário voltaria, mas eles já sabiam que o senhor está hospedado aqui.

— O que mais perguntaram?

— Perguntaram se o senhor estava só, até quando iria ficar hospedado. É evidente que nada disso respondi, disse que eram regras do hotel, mas, como achei estranho, decidi lhe informar.

— Ótimo! O senhor fez muito bem. Consegue me dizer como eram ou seus nomes?

— Não, mas temos câmeras na portaria, podemos ver as imagens. Talvez o senhor os conheça.

— Perfeito! — exclamou o detetive.

O prestativo Sr. Valdemar o levou até a sala de segurança, ajustou os controles a exibiu a gravação com as imagens.

Após ter visto a fita, Valdemar lhe perguntou:

— Então, doutor, os conhece?

— Bem, dois ficaram do lado de fora, por conta do reflexo no vidro ainda não consigo ver direito. Dos dois que foram até o balcão, um deles eu conheço. O senhor pode voltar a fita mais uma vez, preciso ver novamente os dois que ficaram lá fora.

— Está bem, vamos lá.

Durante a exibição, de repente o detetive pediu para congelar a imagem do lado de fora e perguntou se era possível maior aproximação, o que imediatamente Valdemar fez.

O detetive, demonstrando até satisfação, exclamou com vigor:

— Bingo! Um deles também conheço, porém lhe peço um favor: não comente nada do que aconteceu aqui hoje.

— Pode deixar, um dos requisitos de minha profissão é discrição. Fique tranquilo, estou às ordens.

Quando o detetive estava se retirando, o gentil Sr. Valdemar o chamou e, quase aos murmúrios, como se fosse um segredo, disse ao detetive:

— Senhor, gostaria de ser-lhe mais útil. Eu conheço um taxista, com carro descaracterizado, que atende nossos clientes. É de confiança, gente muito boa, um sujeito superconhecido na rede hoteleira, já que atende clientes especiais como o senhor em vários hotéis. O senhor pode confiar nele. Vi em seu cadastro que o senhor é supervisor ou auditor, por isso o senhor deve ser muito visado. Entrego-lhe o cartão desse taxista, seu nome é Sr. Oliveira. A qualquer hora que o senhor precisar dele, estará a postos, aqui tem seus telefones. Pode falar em meu nome.

— Bem, mais uma vez fico-lhe grato. Agora vou descansar. Amanhã é sábado, mas irei ao escritório.

— Então, doutor, bom descanso.

Por conta dos últimos acontecimentos, no hotel da Avenida Rio Branco, o detetive já estava hospedado há uma semana no Hotel Inglês, situado na Rua Silveira Martins, onde aconteceria outro fato que mostraria que a gangue de Leocadio não lhe dava trégua, pois descobrira seu novo endereço. Tratava-se de um pequeno hotel, de quatro andares, simples, sequer tinha restaurante. Um prédio muito antigo, cujo elevador tinha aquelas portas de ferro sanfonadas, mas era provisório. Além disso, ganhava tempo para procurar outro hotel.

Já por volta de 20h, Mel foi até a janela do quarto, que dava para a rua na frente do hotel, e percebeu que três homens estavam encostados em um carro estacionado do outro lado da rua. Parecia que observavam o hotel.

Porém, como o detetive precisava sair para jantar, colocou sua arma e com certo cuidado saiu pela esquerda, em sentido ao aterro do Flamengo.

Quase não havia movimento naquele trecho da rua. Ele percebeu que os elementos estavam praticamente correndo em sua direção e não estavam com boas intenções ou cara de bons amigos.

O detetive acelerou os passos em direção à avenida principal do aterro, onde o trânsito de pessoas era um pouco mais intenso, porém os homens estavam perto demais e alcançaram-no. Vendo-se acuado, Mel não pensou duas vezes, entrou em um magazine muito movimentado, caminhou por entre as gôndolas, misturando-se em meio ao público e saiu novamente. Apressadamente continuou pela Rua Silveira Martins e, quando chegou à esquina com a rua da praia no Aterro do Flamengo, estava parado no semáforo um táxi.

Pediu ao motorista que o deixasse em Copacabana, mas durante todo o trajeto olhava para trás para ver se alguém o estava seguindo.

Já em Copacabana, o detetive resolveu jantar por ali mesmo, entrando no conhecido restaurante Manoel & Joaquim, de onde saiu por volta de 22h, retornando para o pequeno Hotel Inglês.

## CAPÍTULO IX

## MEL VIAJA PARA CAMPOS

Na segunda-feira, já no escritório, Mel disse para Marcio que novamente precisaria encontrar outro hotel, onde pudesse se hospedar por mais tempo.

Em seguida, Mel falou para Marcio sobre a ligação que ouvira, em que Leocadio questionava a funcionária sobre um possível depósito bancário, e externou suas preocupações:

— Marcio, temos de conseguir que as meninas da equipe de pesados falem acerca dos pagamentos que têm de fazer para Leocadio.

Mel comentou a ligação telefônica, mas, mais uma vez, não contou que os três homens o perseguiram.

Durante aquela semana, por várias vezes, discretamente, Mel reforçou o pedido às meninas que ligassem para ele caso tivessem algo a dizer e mais uma vez garantiu que seus nomes seriam preservados.

Naquele mesmo dia, o detetive retornava do almoço enquanto caminhava pela Cinelândia e falava ao telefone com Riese, em São Paulo, sobre os últimos acontecimentos, mas percebeu o amigo Ferdinando, pertencente a outra área, que viera de São Paulo, na calçada oposta fazendo alguns gestos, parecia avisá-lo de algo. Foi nesse momento que o detetive olhou para trás e três homens da equipe de Leocadio o seguia bem de perto, pois tentavam escutar a conversa do detetive. Posteriormente falou com Ferdinando, o qual afirmou que os sujeitos o estavam seguindo já há algum tempo, o que deixou claro ao detetive que deveria redobrar sua atenção. A interferência de Ferdinando foi vital para que o detetive reforçasse seus cuidados, pois Leocadio estava focado em seus movimentos, mesmo fora da empresa.

No sábado seguinte, Mel novamente foi ao escritório, cujo expediente se estenderia até as 12h, e falou sobre sair do Hotel Inglês sem expor o verdadeiro motivo.

— Marcio, o Hotel Inglês, onde estou, tem uma frequência muito ruim, não me sinto à vontade. Será que você poderia hoje, aproveitando que é sábado, ir comigo tentar encontrar outro hotel?

— Sem dúvidas, vamos agilizar os trabalhos e, por volta de meio-dia, iremos procurar. Mas aconteceu algo?

— Não, nada de especial, apenas não gosto do lugar.

Mel e Marcio não sabiam, mas naquele dia, durante a procura de um hotel, um fato inusitado iria acontecer, algo de que ambos se lembrariam por muito tempo.

Perto das 13h, Mel e Marcio, após várias tentativas, entraram em pequeno hotel na Rua do Catete para ver se havia vagas.

Era um dos muitos prédios antigos do Bairro do Catete que pedia por uma reforma, mas, pelo menos até encontrar um local melhor, aquele serviria.

Diferentemente da maioria dos hotéis, aquele tinha na recepção um brutamontes. Aproximaram-se e Marcio perguntou sobre vagas:

— Por gentileza, o hotel tem vaga disponível?

O recepcionista, que mais parecia um leão de chácara, moreno alto e forte, um verdadeiro guarda-roupas, perguntou com a maior naturalidade do mundo:

— Logicamente os senhores querem uma cama de casal, mas preferem um quarto na frente ou nos fundos? Com espelhos ou não?

Nesse momento, Mel e Marcio, meio que sem jeito, olharam ou para o outro, esboçaram um riso, mas se contiveram. Mel respondeu:

— Não, é quarto para uma pessoa apenas, mas queremos primeiro ver as dependências. É possível?

— Claro, podem subir. Os quartos vagos ficam abertos e lá em cima tem uma camareira arrumando outros quartos, fiquem à vontade.

Os corredores eram mal iluminados e estreitos, os quartos eram acanhados e a limpeza deixava muito a desejar. Realmente era uma verdadeira espelunca.

Após saírem do hotel, sentaram-se em uma mesa de bar e passaram a dar muitas risadas. Mas Mel já foi logo dizendo:

— Essa foi muito boa! Os caras pensaram que éramos um casal de gays. Como não percebi que aquele lugar é mais de viração? Jamais vamos comentar com alguém o que aconteceu.

— Claro que não, mas que foi engraçado, isso lá foi.

— Marcio, deixe que eu procuro sozinho. É melhor, para evitarmos mais episódios iguais. Daqui retorno e depois continuarei a procurar. Assim, é só continuar aqui pela Rua do Catete, que logo à frente é a rua do Hotel Inglês.

Na segunda-feira, próximo das 14h, Mel estava em sua sala, improvisada no auditório, quando Marcio entrou afoito, falando com alguém no celular:

— Mel, Dr. Heghi está aqui na linha. É urgente, quer falar contigo!

Imediatamente Mel pegou o telefone e, pela expressão de Marcio, a coisa era muito grave:

— Pois não, doutor, o que houve?

— Mel, pegue sua valise, seu laptop e embarque no próximo ônibus para Campos. A gerente de lá, Dr.ª Rafaela, me ligou. Parece que houve um crime cometido naquela filial e envolve desvio de dinheiro.

Não sei quantos estão envolvidos e o tamanho do rombo, por isso vá imediatamente. Ligue para Rafaela, combinem um ponto de encontro, faça todo o levantamento e tome as providências necessárias para solucionar o caso, mas me mantenha informado, a par e passo.

— Perfeito, doutor, irei imediatamente. Quando eu me instalar em Campos, posteriormente, darei um jeito de dar baixa no Hotel Inglês e pedirei para guardarem meus pertences.

— É isso mesmo, posteriormente você retoma os trabalhos aí no Rio. Qualquer novidade o Marcio manterá contato contigo.

— Entendido, mesmo enquanto eu estiver em Campos, na medida do possível, farei acompanhamento das ligações da filial do Rio de Janeiro pelo laptop. Assim que tomar pé da situação em Campos, farei um relatório preliminar.

O detetive ficou em Campos por pouco mais de 30 dias e constatou que apenas uma funcionária forjou vários recibos desviando para si quantia bastante elevada. Auxiliado pelo Dr. Alex Mark, enviado pela diretoria da empresa, e pela Dr.ª Rafaela, fecharam o caso, redundando em indiciamento criminal contra a então funcionária, que foi demitida por justa causa, mas esta é outra história.

## CAPÍTULO X

# O RETORNO AO RIO

Já de volta ao escritório do Rio de Janeiro, Mel se hospedou no Hotel Regina, na divisa dos bairros Catete e Flamengo, mas desta feita a contratação do hotel foi feita por ele mesmo, sem passar a informação pelo escritório do Rio. Todas as prestações de contas seriam enviadas diretamente para a secretária da diretoria em São Paulo, tudo para dificultar que descobrissem onde estava hospedado.

Porém, a partir de então, Mel passou a tomar cuidado redobrado para que não fosse seguido, a fim de que, finalmente, tivesse mais tranquilidade e corresse menos perigo. Apenas Marcio sabia onde se hospedara, afinal, ao todo foram seis hotéis por onde o detetive havia se hospedado e foi obrigado a se mudar por conta de ameaças.

Na primeira noite que voltara ao Rio, estava no hotel quando recebeu a ligação de Tibúrcio, que, após ter ouvido todo o relato de Mel, fez um questionamento sobre Marcio, o gerente do escritório do Rio:

— Mel, sei que a coisa aí está muito feia, segundo você tal esquema existe há pelo menos três anos. Assim, qual o papel do Sr. Marcio em tudo isso?

O detetive tentou resumir todo o cenário para seu amigo e assistente:

— O Sr. Marcio se tornou um verdadeiro aliado, além disso, descobri que Marcio tinha sérias desconfianças do que estava ocorrendo, porém o escritório é muito grande, vários departamentos, mais de 300 funcionários. Quase todos os encarregados fazem parte do esquema, existem ramificações no departamento de pessoal, por meio da esposa de Leocadio, e ainda contam com a simpatia do jurídico. Além disso, Leocadio tem carta branca para atuar.

Mel continuou o relato para Tibúrcio:

— A bem da verdade, vi claramente que Marcio se tornara refém de toda essa situação. Também confirmamos que funcionárias estão dando parte de seus salários para Leocadio. Preciso desmascarar essa cambada, desmantelar toda a quadrilha, e no momento Marcio é o único confiável em meio a esse verdadeiro antro de vagabundos, verdadeiros abutres.

Antes de encerrar a conversa, Tibúrcio fez um alerta ao amigo:

— Mel, eu sei que não está sendo fácil, mas não hesite em pedir ajuda, pois, além de trabalharmos juntos, somos amigos.

Naquele momento, Mel estava com a maior carta branca, precisava resolver o problema sem expor publicamente a empresa, mas a questão da extorsão que funcionários sofriam incomodava-o muito.

Já passava das 23h, quando estava quase pegando no sono, o telefone celular de Mel tocou, cujo número ele desconhecia, mas atendeu a ligação:

— Alô, quem fala?

Do outro lado da linha, uma voz feminina demonstrava aflição, mas ao mesmo tempo era titubeante:

— Sr. Mel, aqui é a Rose, da equipe de pesados. Estou ligando para falar-lhe, mas tenho dúvidas se devo ou não.

O detetive atendeu e, com veemência, tratou de convencê-la, afinal aquela ligação poderia ser muito importante:

— Sra. Rose, sei que é difícil, mas sei que a senhora quer acabar com isso. Tenho ciência de que estão sendo obrigadas a contribuir com parte de seu salário para se manter no emprego, preciso de sua confirmação, pois isso é muito grave.

A mulher tinha dúvidas em falar, mas foi possível para o detetive ouvir um homem ao lado dela, que dizia "Você precisa falar. Se não quiser, não trabalho lá, mas você é minha esposa, tô sabendo o que acontece. Vamos lá, fale com ele.".

Após muita insistência, finalmente a funcionária abriu o jogo:

— Olha, o senhor tem razão, já faz mais ou menos um ano que as negociadoras da equipe de pesados têm que pagar ao Leocadio, dando parte do nosso salário. Não sei de outras carteiras, mas parece que acontece a mesma coisa.

— Sra. Rose, esse pagamento, como é feito?

— Efetuamos transferência bancária diretamente da conta dele e alguns na conta de sua esposa. Inclusive, no final de ano, como existe o décimo terceiro, tivemos de contribuir com maior valor.

— Sra. Rose, isso é inadmissível. A senhora possui comprovantes?

— Sim, mas é meio complicado mostrarmos os comprovantes. É muito perigoso. Leocadio, Ivano e os demais sempre nos ameaçam.

— Minha senhora, peço que confie em mim, preciso dos comprovantes para acabar com isso. Além disso, eu dou minha palavra que seus nomes serão preservados.

— Está bem, falarei com as demais. Amanhã passaremos os recibos, mas ninguém pode saber.

— Fique tranquila, de posse desses documentos, sei como fazer para acabar com essa "farra do boi" sem envolver vocês. Pode deixar que no momento adequado falarei com vocês.

Após alguns dias, Mel e Marcio analisavam os recibos com os valores depositados na conta de Leocadio e alguns na conta de sua esposa. O detetive comentou com Marcio:

— Isto aqui é um absurdo! Marcio, eles são desonestos, verdadeiros bandidos!

— Mel, como nós faremos para frear esses caras?

— Bem, estou aqui há vários meses, tomamos inúmeras medidas internas, demitimos e até fizemos acordos, desligando funcionários que pediram para serem demitidos. O esquema deles já foi bastante atingido e hoje não estão mais seguros, pelo contrário, estão com medo, mas continuam suas mazelas. Agora estamos nos aproximando dos cabeças, porém precisamos agilizar mais ainda.

— Mel, realmente nós demitimos vários, porém estão dando um prejuízo muito grande para a empresa, já que mesmo os que pedem para serem demitidos em um acordo estão movendo ação judicial trabalhista contra a empresa, reivindicando direitos, com alegações falsas, para ganharem mais dinheiro ainda. Em todos os casos foram pagos todos os direitos para cada um.

— Certamente, isso também é revoltante, porém é preciso continuar até "limparmos" tudo. Aliás, pela estirpe desses bandidos, isso era de se esperar, mesmo porque encontram guarida na Justiça do Trabalho, que acata a maioria de suas alegações, já que levam seus próprios comparsas como testemunhas. Nossa Justiça trabalhista é capenga, extremamente parcial, sempre ao lado dos trabalhadores, mesmo diante de mentiras. Formam um conluio entre si e contam com a benevolência e até parceria do juízo do trabalho.

— Então, Mel, mudando de assunto: você já mudou várias vezes de hotel, neste onde você está, pelo visto ainda não sabem. Está bem acomodado?

— Estou muito bem, bom atendimento, dependências amplas, excelente restaurante e um bom serviço de quarto. Não é muito próximo ao escritório e não é tão longe, além disso, todo o trâmite da hospedagem fica entre mim e a matriz. Com isso, fica mais difícil me localizar.

O dia de trabalho estava em seu final. Novas demissões foram feitas, o que provocou um ambiente tenso. A pressão que faziam em torno de Mel crescia, pois Leocadio e seus comparsas acompanhavam todos os seus movimentos, mas o que trazia certo alento é que boa parte dos funcionários, de maneira geral, já nutria certa simpatia pelo detetive e isso era um bom sinal.

Naquele dia, já no hotel, Mel não se conformava que funcionários eram obrigados a pagar parte de seus salários para Leocadio, aquilo era uma injustiça.

Mel decidiu enviar um e-mail para Dr. Heghi, fazendo o relato acerca da situação, demonstrando sua indignação, clamando por ficar no Rio e terminar seu trabalho. Alguns trechos diziam assim:

*Caro amigo Dr. Heghi, durante minha jornada como detetive, eu encontrei pelo caminho muitos tipos à toa, os tratei sem dó ou piedade, na medida certa, tal como eram merecedores, mas foram raros os momentos que encontrei reunidos em um só lugar os tipinhos covardes que perambulam por cá.*

*Por aqui não vi belas águias, mas topei com um bando de abutres e traidores merecedores apenas do desprezo. Aqui no Rio formam uma verdadeira quadrilha, gente que tem muita sorte, pois há alguns anos, certamente, me livraria destes vermes muito rapidamente por outros métodos. Confesso que neste momento sinto saudades dos idos anos em que minha paciência era curta.*

*Todos esses idiotas se acham espertos demais e intocáveis, trabalham 20 dias para eles e 10 dias para a empresa, e sob a luz de alcance de um falso desempenho, suficiente apenas para não serem incomodados, querendo nos convencer que os meios justificam os fins. A única diferença é que os fins somente beneficiam a eles.*

*Doutor, a bem da verdade, esses canalhas não são meros espertalhões que apenas se aproveitaram de suas funções e da autonomia concedida a eles, se prevalecendo da oportunidade para se locupletarem, tirando vantagens pessoais.*

*Porém, no momento que forem desmascarados, tentarão pedir desculpas, se mandarão com o rabo entre as pernas e darão graças por não serem dispensados por justa causa ou sair daqui algemados, que é justamente o que gostaria de fazer.*

*Quanto ao gerente Marcio, cuja honestidade é indiscutível, no entanto, se tornou refém dos canalhas, tem dificuldades para solitariamente lidar com problemas e nesse caso cabe cá o chavão de que uma andorinha não faz verão, mas garanto que isso irá mudar.*

*Peço que tenha paciência, terei o prazer de entregar o controle aqui do Rio de volta para a diretoria da empresa. Pode ter absoluta certeza, será um deleite desmantelar essa quadrilha e expulsar esse bando de abutres aqui acampados.*

Contudo, Mel sabia que a situação era grave e os riscos eram altos. Muito ainda seria preciso para conseguir tirar da empresa todo o pessoal contaminado por Leocadio e seus pares, que certamente fariam de tudo para tirá-lo do caminho.

Passados alguns dias, Mel se aproximou de duas funcionárias e as convidou para um almoço, já que elas demonstraram ser contra o esquema existente na negociação e reprovavam veementemente a extorsão que os funcionários sofriam.

Durante o almoço, as funcionárias Simone e Renata disseram que o tal esquema montado por Leocadio já existia há mais ou menos três ou quatro anos e, da forma que amarravam as coisas, seria muito difícil serem pegos.

O detetive procurava tirar o máximo de informações possível, com questionamento específico:

— Vocês sabem que existe um esquema, do qual discordam, mas me digam: por que os funcionários da cobrança são tão arredios para com a empresa?

Renata, a mais expansiva, respondeu com vigor:

— Olha, o Leocadio é muito esperto e sacana. Além de tudo de errado que faz, procura jogar os funcionários contra a empresa, que ficam iludidos com as premiações que recebem.

Renata continuou sua explanação:

— Todos perceberam que a presença de várias pessoas, vindas de São Paulo, enviadas pela diretoria, pouco adiantava, pois nada faziam.

Além disso, após o expediente, quem vinha da matriz da empresa, advogados e gente ligada à cobrança, sempre, em sua maioria, saíam com o pessoal daqui para barzinhos, marcando encontros na praia, iam às casas noturnas, tornavam-se amigos de Leocadio, Ivano e sua turma. Assim, a gente percebeu que nada iria mudar.

Mel as questionou:

— E vocês, pessoalmente, o que pensaram? Por que me procuraram?

Renata, a que mais falava, de pronto respondeu:

— Bem, tudo isso é verdade. Inclusive, uma funcionária vinda de São Paulo, creio que era advogada, uma chefona na matriz, seu nome era Regiane Flor, ficava hospedada no Itajubá Hotel e parece que teve um caso com Leocadio. Tanto que viram Leocadio entrar no Itajubá para falar com ela, por volta de 20h, e só saiu por volta de meia-noite. Isso mostrava que as coisas não mudariam.

— Porém, quando o senhor chegou aqui, logo de início, percebeu-se que algo seria diferente. Não o vemos saindo com o pessoal daqui, ficou claro que Leocadio e seus amigos não gostam do senhor e que sua presença realmente os incomoda. Exatamente por isso é que resolvemos procurá-lo.

Simone, desta vez, observou:

— Leocadio é um sujeito intragável. Aliás, ele mesmo se gaba por ter enganado essa advogada e os demais.

O detetive, meneando como se lamentasse a situação, definiu a posição da advogada:

— Leocadio se fez de amigo e de bom profissional para conseguir a confiança dela e conseguiu, pois ela acreditou nele e esse possível envolvimento íntimo entre ambos demonstra que, assim como a diretoria da empresa, ela também acreditou no cara.

Renata ainda comentou:

— Leocadio se faz de santo, mas é justamente ele quem mais ganha no esquema, inclusive fez uma enorme reforma na casa onde mora, na Baixada Fluminense. Além disso, o senhor deve tomar cuidado, digo isso porque eles o seguem todo o tempo, pois já sentiram que seus rolos e falcatruas estão com os dias contados, já que o senhor os enfraqueceu bastante, e eles estão com medo até de serem presos, principalmente Leocadio e Ivano.

Após quase duas horas, o detetive pediu a conta e disse às funcionárias:

— Olha, o almoço estava muito bom, vocês me ajudaram bastante. Essa conversa fica entre nós e gostaria que vocês mantivessem esse nosso encontro sob sigilo, mas, se lembrarem de algo, me procurem.

— O senhor pode ficar tranquilo, não diremos nada.

Ao final daquele dia, Marcio tinha um compromisso e Mel foi jantar sozinho. Ao sair da empresa, Mel caminhou por algumas ruas e entrou no acesso para a estação do metrô. Sempre atento, procurava evitar que alguém o seguisse, afinal ninguém sabia onde estava hospedado, a não ser Marcio. Por via de dúvidas, Mel resolveu sair da estação do metrô, parou em um boteco, tomou uma água e saiu.

No caminho, telefonou para o taxista, Sr. Oliveira, que foi indicado pelo Sr. Valdemar do hotel da Rio Branco. Desde então, o detetive vem se utilizando de seus serviços, com que já havia comentado parte do problema que estava enfrentando na empresa e se tornara seu confidente.

Antes de chegar ao hotel da Rua Ferreira Viana, o simpático Sr. Oliveira questionou o detetive:

— O senhor parece tenso, posso ajudá-lo?

— É, realmente os dias têm sido muito exaustivos e preocupantes, ainda tenho muito a fazer para colocar as coisas nos lugares.

O bom homem, já do alto de seus 65 anos, procurou tranquilizar o detetive:

— Doutor, pelo que me falou, sua missão é muito difícil, mas devo lhe pedir para que tome cuidado, afinal não sabemos até onde aqueles caras podem chegar. Porém, caso o senhor precise, pode me ligar a qualquer hora e eu virei em seu auxílio. Aliás, tenho um filho que é do serviço reservado da Polícia do Exército, se precisar só me chame.

— Fico deveras agradecido por sua discrição e por seu interesse em me ajudar. Tenho seu cartão com seus telefones e, caso precise, não hesitarei em chamá-lo.

A noite estava quente, Mel já se recolhera em seu quarto, ligou o ar-condicionado e a TV, para saber das últimas notícias, se distrair e relaxar. Pediu o jantar no quarto e se entregou aos pensamentos, lembrando de sua amada Isabelle, que deixara em São Paulo. Lógico que, quinzenalmente, em fins de semana, ia para casa, mas já fazia dois meses que não saía do Rio.

No dia seguinte, logo pela manhã, em sua sala, Mel ouvia ligações telefônicas de dias anteriores, ficando convencido de que realmente a influência de Leocadio e seus comparsas afetava também o jurídico. Não tinha nenhuma prova ou indício de que advogados participavam do esquema, mas ficou claro que o chefe do jurídico, Dr. Alec Sandro Silva, tinha grande simpatia por Leocadio e mantinham amizade muito estreita, principalmente após ter ouvido uma ligação de dois dias atrás entre ambos, cuja conversa se transcorreu assim:

*Dr. Alec Sandro: Oi, negão, como estão as coisas?*

*Leocadio: É, o tal de Mel está demais, esse cara se mete em tudo, já demitiu grande parte de minha equipe. Até as novas contratações passam pela mão dele e a coisa tá ficando feia.*

*Dr. Alec Sandro: É verdade, até aqui no jurídico ele tem mexido, por conta de alguns casos ajuizados e que foram quitados, ele quer saber de tudo. Ainda bem que não tem se metido demais por aqui, mas cuidado, está no seu pé.*

*Leocadio: Sei disso, darei um jeito de dar um outro "chega pra lá" nele, mas seria bom que ele fosse embora para São Paulo.*

*Dr. Alec Sandro: Olha, este cara é de confiança da diretoria. Agora, o Marcio está lado a lado com ele e não sei direito sobre sua vida, mas sei que é uma espécie de auditor de carreira, é muito experiente e articulado, por isso é bom ficar esperto.*

*Leocadio: Pode deixar, estou de olho nele e vou pensar em algo que possa fazer ele desistir e ir embora.*

*Dr. Alec Sandro: É melhor não falarmos muito, sabe como é, tudo é gravado. Me ligue no celular.*

*Leocadio: Tá bom, eu te ligo em seguida.*

Aquela ligação telefônica foi outro descuido por parte deles, mas também foi perturbadora, afinal Mel percebeu, definitivamente, que Leocadio e seus iguais exerciam forte influência em todos os setores e o jurídico não era uma exceção.

Desde sua chegada, o detetive nutria pelo Dr. Alec Sandro um sentimento de desconfiança, pois por meio de suas atitudes ficou claro que o advogado não era comprometido com a empresa, assim como outros daquele departamento.

Porém, havia naquele nicho jurídico a advogada Dr.ª Flavia *Mohamed*, competente e confiável, inclusive travando vários embates com Dr. Alec Sandro acerca dos trabalhos afins, pelo menos ela era uma aliada.

Por esses e outros aspectos, Mel tinha a certeza de que as ramificações do esquema de Leocadio estavam espalhadas por setores e departamentos da empresa.

Na concepção do detetive, nesse imbróglio havia dois segmentos principais: os participes do esquema que lucravam e os coniventes.

Ainda segundo sua ótica, a conivência poderia ser justificada por medo, incompetência ou desídia.

Assim, o detetive conclui que seu trabalho continuaria sendo difícil e deveria estar preparado para o desse ou viesse.

CAPÍTULO XI

# A AJUDA DO INSPETOR

Na semana seguinte, por volta das 23h, Mel, já no quarto do Regina, absorto, com olhar perdido e com a mente dividida entre as dificuldades de seu trabalho, pensando em quando tudo aquilo teria fim, afinal havia um esquema montado por funcionários de cargo de relevância, resolveu ligar para São Paulo e falou para o celular de Bianchi, chefe de polícia, amigo de muitos anos.

— Boa noite, Bianchi, me perdoe pelo horário, mas preciso apenas comentar com você algumas coisas e pedir um favor especial.

— De forma alguma, ligue quando quiser. Mas vamos lá, a que devo a ligação?

Mel relatou ao inspetor o ocorrido dias atrás, quando foi atacado por quatro sujeitos, próximo ao hotel da Avenida Rio Branco, e os demais episódios.

Bianchi, muito preocupado, já perguntou:

— Mas você, como está? Se feriu?

— Estou bem, fique tranquilo, somente dolorido em algumas partes do corpo. Parece que tomaram cuidado para não deixar ferimentos visíveis.

Sombras de azienda: crimes e corrupção no mundo empresarial

— Mel, isso é grave! Esse acontecimento mostra que estão dispostos a prejudicá-lo mesmo, sabe-se lá até onde poderão chegar.

— Bianchi, por isso fui obrigado a sair daquele hotel. Agora estou no Regina, hotel próximo ao aterro do Flamengo.

— Porém no hotel da Rio Branco tem câmeras e vi a fita das imagens dos elementos e um deles se trata do Batossa, o cara que demiti, e um dos que ficou do lado de fora, mesmo através dos vidros consegui identificá-lo e se trata do Sr. Ivano, o braço-direito de Leocadio.

O chefe de polícia, apreensivo, questionou o detetive:

— Mel, você está aí como se fosse um funcionário da empresa, mas você é um detetive particular e está à frente de uma investigação, sobre a qual você sabe muito, mas devido à singularidade do caso, até para proteger o nome da empresa no mercado, terá de continuar fazendo as demissões dos envolvidos, ou seja, enfraquecendo o esquema, sem envolver a polícia, porém isso piora sua exposição e o coloca em situação desprotegida. Além de tudo isso, esses acontecimentos que vêm ocorrendo, você não poderá relatá-los ao Sr. Marcio e principalmente ao Dr. Heghi, pois quererão tirá-lo daí.

— Meu caro Bianchi, você tem razão, porém no próximo fim de semana não irei para São Paulo, utilizarei o sábado e domingo para investigar mais, ficarei ouvindo o máximo de ligações possível, preciso agilizar tudo.

— Mas Mel, me diga: que favor quer que faça para ajudá-lo?

— Bianchi, nas próximas semanas não poderei me ausentar do Rio, porém preciso que dê um jeito de enviar minha arma e munições. É aquela Taurus calibre 38 que uso há tempos, como você faria isso?

— Quanto a isso, não é problema, mas o registro e seu porte onde estão?

— Ambos estão na última gaveta de minha mesa, com minha arma. As chaves estão com minha secretária, a Dona Eulália, deixei ordens expressas para, caso eu necessite, entregá-las somente a você, afinal,

85

diferente do Tibúrcio, sendo policial teria como explicar se estivesse com tais documentos em mãos.

— Mel, você irá falar para alguém da empresa que está portando uma arma?

— De maneira nenhuma. Ninguém, absolutamente ninguém poderá saber disso, será um segredo que guardarei a sete chaves, será como uma carta na manga, mas se isso vier à tona, o Dr. Heghi terá certeza de que corro risco e vai mandar voltar para São Paulo e encerrar o caso. Isso eu não quero, pois preciso ajudá-lo a se livrar desses canalhas. Tenho de tomar mais cuidado.

— Mel, eu não irei perder tempo, será que Dona Eulália poderia abrir o escritório hoje ainda? Sei onde ela mora, é perto de seu escritório. Ela já me conhece, isso porque, amanhã cedo, no primeiro voo, às 6h30, irão quatro investigadores para o Rio em um jatinho da federal buscar um preso e trazê-lo para depor aqui em São Paulo. O cara é do crime organizado, meus policiais irão com muita folga no horário. Posso pedir para que, chegando ao Santos Dumont, levem a arma e os documentos para você no hotel Regina, por volta de, mais tardar, 9h você já a terá em mãos.

— Perfeito! Para mim está ótimo. Quanto a Eulália, sem novidades, ela de vez em quando vem ao escritório fora do horário, em situações de emergência.

Antes de encerrar a ligação, Bianchi alertou o detetive:

— Mel, eu insisto que redobre a atenção.

— Claro, mas agradeço. Até mais ver.

No dia seguinte, próximo das 7h30, a recepção do hotel Regina avisou o detetive da presença de dois investigadores de São Paulo procurando por ele, então imediatamente pediu para subirem até seu apartamento.

O detetive abriu a porta e pediu para que entrassem:

— Bom dia! Já os estava aguardando.

Mel reconheceu um dos homens:

— Você é o investigador Noriega, do setor de capturas?

— Sim, eu também me lembro do senhor, é o detetive Mel. Conheci-o em algumas vezes que estava com o inspetor, aliás, no nosso meio, o senhor é muito considerado.

— Obrigado, mas os senhores tiveram algum problema em trazer a arma?

— De forma alguma, tudo pela ordem, sem novidades, mas temos de ir.

— Bom trabalho, tenham um bom retorno e dê um abraço em Bianchi.

Após tomar um banho, já se armou, ajeitou sua "sovaqueira" (coldre) e foi ao escritório. No caminho, ligou para Marcio para ver se já estava no escritório. Como ele estava na empresa, foi direto conversar com ele.

## CAPÍTULO XII

## A INVESTIDA DE MEL

Em uma segunda-feira, Mel em conjunto com Marcio já haviam demitido um grande número de funcionários, mas já se fazia necessário atacar os cabeças do esquema e alguns encarregados foram atingidos, trazendo grande preocupação e temor para Leocadio e seus pares.

Quanto à quadrilha, liderada por Leocadio, sentia-se bastante fragilizada. Mel e Marcio definiram que iriam demitir Ivano, o braço-direito de Leocadio, fato que traria grande impacto não só ao esquema, mas também ao escritório de maneira geral.

No sábado daquela mesma semana, Mel, chamou o taxista, Sr. Oliveira, já que havia combinado que o levasse até ao endereço da residência de Leocadio, na Baixada Fluminense. Para isso, o Sr. Oliveira veio com outro carro, cujos vidros estavam com insulfilme, assim impedindo que fosse identificado.

O detetive havia pedido o endereço residencial de Leocadio, pois queria ver se realmente procedia a informação de que ele estava ampliando sua residência, transformando-a em uma pequena mansão.

Essa investida do detetive contrariava a orientação de Heghi, por achar que seria arriscado demais, porém Mel queria fotografar o local e a casa, apenas para constatar o que diziam e guardar para si tal informação.

Quando estavam quase chegando ao destino, o Sr. Oliveira avisou que iria parar para reabastecer o carro e o detetive, por sua vez, disse:

— Ótimo, enquanto isso irei ao banheiro.

Alguns quilômetros depois de terem parado no posto de gasolina, se aproximaram da rua. O Sr. Oliveira manteve os vidros fechados e observou:

— Veja, Sr. Mel, esta rua é controlada. Aquele cara que está na esquina, na entrada da rua, é um olheiro. Aquela banquinha, que parece vender bugigangas, é tão somente um disfarce.

O detetive, meneando a cabeça, concordou e concluiu:

— Sim, parece que está mesmo vigiando quem entra e quem sai. Segundo informações, em frente à casa de Leocadio residem seus pais, em um sobrado com muros bem altos, e seus familiares residem também nesta mesma rua.

Mel, percebendo que estão sendo observados, inclusive ao atingirem a metade do percurso, viu um ciclista de posse de um celular que tentava esconder, falando com alguém.

O Sr. Oliveira comentou:

— Aquele sujeito com uma bicicleta parece avisar de nossa presença.

O detetive complementou:

— Por certo é mais um olheiro, o que leva a crer que esta rua é monitorada.

Mel, com seu celular, tirou fotos do local e observou:

— Veja, de acordo com o endereço que temos, aquele grande sobrado é onde reside Leocadio e, apesar de ser bem espaçoso, parece que está sendo ampliado.

— É, doutor, tem que ter muita grana, pois a reforma é grande. Olhe aquela frente na parte superior, uma bela janela panorâmica toda envidraçada, com vidro fumê.

De repente o detetive mudou de ideia:

— Sr. Oliveira, algumas pessoas estão saindo de suas casas, nos observando. Pelo jeito já chamamos atenção o suficiente. Embora não consigam nos identificar, por causa do insulfilme, podem deduzir algo. Vamos embora, já estou satisfeito.

Porém, quando estavam quase no final da rua, uma picape tentou impedir a passagem, bloqueando a rua. O detetive, de maneira incisiva, por precaução, ficou com sua arma sobre uma das pernas e pediu ao taxista:

— Sr. Oliveira, finja que irá encostar. Certamente irão nos acompanhar e, quando isso acontecer, vá para o lado oposto, desviando deles, e acelere.

Aquele taxista tinha muita experiência ao volante e fez exatamente o que o detetive pediu. Alguns elementos, que pareciam estar armados, tentaram entrar na frente do carro. O detetive não pensou duas vezes, tentando esconder o rosto com um chapéu e erguendo a gola da camisa, pegou a arma, colocando o braço para fora e disparou três vezes para o alto. Em seguida, seus algozes se dispersaram, em alta velocidade. Alcançaram a principal avenida do local e, com isso, conseguiram despistá-los.

Porém o detetive estava preocupado e disse ao Sr. Oliveira:

— Tudo bem, pelo menos creio não conseguiram nos identificar, por causa do insulfilme, e nos perderam de vista. Porém fico receoso pelo senhor, afinal eles podem ter anotado o número da placa, por meio da qual poderão identificá-lo.

Com muita calma e com certo sarcasmo, o taxista respondeu:

— Fique tranquilo, este veículo é utilizado pelo meu filho, aquele sobre o qual lhe falei dias atrás. Está registrado em nome do serviço reservado do Exército, é um carro descaracterizado, chamado por eles de "chapa fria". Quanto aos tiros não se preocupe, aqui não vem polícia, além disso tiro aqui é rotina.

De volta ao centro do Rio, para ter certeza de que não estava sendo seguido, Mel pediu para o Sr. Oliveira ir até Copacabana, depois foi à Barra da Tijuca, do outro lado da cidade, onde ambos almoçaram. Posteriormente, o detetive preferiu ficar no Largo do Machado, de onde seguiu caminhando até o hotel na Rua Ferreira Viana.

Tudo o que aconteceu naquele sábado o detetive guardaria apenas para si. Caso fosse contar para Marcio, certamente não relataria todo o ocorrido para não causar inquietações desnecessárias.

No dia seguinte, belo domingo ensolarado, típico dia carioca, Mel logo pela manhã já estava no café. O garçom Yuri, que sempre fazia questão de atendê-lo, bom sujeito, falante e extremamente atencioso, ao servir o detetive fez um comentário que lhe interessou muito:

— Eu preciso lhe falar algo, posso me atrever?

— Claro, Yuri, por favor, não tenha dedos. Vamos lá, meu amigo, pode falar.

— Desde que o senhor se hospedou aqui, foram passadas ordens expressas para que, se alguém viesse lhe procurar, dizermos que o senhor nunca foi nosso hóspede e que ninguém o conhece.

— Sim, por motivos profissionais, mas alguém veio me procurar?

— Senhor, fique tranquilo, todos informaram não o conhecer.

— É, Yuri, isso não é bom. Pode ser que já saibam onde estou, se não, como se explica a vinda deles?

— Eu creio que o senhor não deve se preocupar.

— Por que você diz isso?

— Sr. Mel, nós mantemos contato diário com outros hotéis, inclusive alguns pertencem ao mesmo grupo, então andei sondando e descobri que os mesmos homens estiveram fazendo a mesma pergunta em pelo menos mais quatro hotéis das redondezas.

— Bem, Yuri, nesse caso é uma boa notícia, pois mostra que eles não sabem onde estou, por isso estão desesperados, procurando em vários hotéis.

— Isso mesmo, doutor, pelo jeito estão perdidinhos quanto a isso. Aqui o senhor está protegido e qualquer novidade eu lhe falarei, afinal todos aqui do hotel gostam muito de sua pessoa.

— Obrigado, Yuri, agora que fiz meu desjejum, hoje ficarei lá no terraço do SPA, trabalhando. Preciso adiantar as coisas para a semana.

— Mas doutor, vá curtir a praia, o dia está lindo.

— Meu amigo, haverá outros fins de semana. Até mais ver.

Cerca de 40 minutos depois, quando o detetive já se preparava para ir até o terraço do hotel, recebeu uma ligação de Marcio:

— Mel, eu e minha esposa estamos aqui em frente ao hotel, venha conosco para a Praia do Leme.

Mel tentou explicar que não poderia ir:

— Meu caro amigo, ficarei no hotel para trabalhar um pouco, inclusive ouvir algumas ligações. Precisamos ganhar tempo.

— Deixa disso, somente algumas vezes veio conosco, tem de relaxar um pouco. Aliás, Serguei, Raul, sua filha Amanda, todas as Roses, Karlita, enfim, toda a turma que estivera conosco da última vez estarão lá. Além do mais, já faz um bom tempo que a gente não se reúne, mesmo porque não será um domingo que fará diferença em seu trabalho.

Diante da insistência do amigo, Mel cedeu e acabou passando o dia na praia para um merecido divertimento.

Na segunda-feira, Mel já se preparava, assim como Marcio, para dar um golpe certeiro no grupo dos abutres, pois ao final do expediente iriam demitir Ivano, o principal comparsa de Leocadio e peça importante no esquema de falcatruas.

Porém, no transcorrer do dia, várias outras demissões foram feitas, inclusive de alguns líderes. Por isso, da terça-feira em diante, Leocadio iria começar a entender que seu reinado desonesto e tirânico estava desmoronando.

Passados alguns dias do desligamento de Ivano, o péssimo clima que existia começou a se mesclar com sinais de bons presságios, pois aqueles que não participavam do esquema estavam contentes, enquanto entres os abutres o pessimismo era dos mais altos.

Chegou então o fim de semana em que Mel iria para São Paulo, para colocar Dr. Heghi a par de todas as questões, atualizar as informações e receber possíveis novas orientações.

Assim, ainda na quinta-feira à tarde, Mel já estava no aeroporto embarcando para São Paulo, pois no dia seguinte, pela manhã, estaria na matriz da empresa falando com Heghi sobre a atual situação no escritório do Rio.

Ao chegar a São Paulo, Mel foi direto para sua casa, afinal estava ansioso para estar com Isabelle.

Já em sua casa, na Rua Tabatinguera, Isabelle queria saber tudo sobre seu trabalho no Rio:

— Vamos, me conte como estão as coisas no Rio? Está tudo bem com você? E as falcatruas a que você se referiu, em que pé está tudo?

Foram várias perguntas que a sua bela esposa fazia, mas Mel precisava se conter nas respostas, afinal não iria contar-lhe das ameaças, jamais ela poderia saber dos detalhes, evitando assim que ficasse preocupada em demasia. O detetive contava somente a parte boa da história.

— Querida, tem muito trabalho. Em todos esses meses tem sido difícil ficar tão longe de você, no entanto as coisas andam bem, um probleminha aqui e ali, nada de muito significativo, mas estamos bem avançados nos trabalhos.

Isabelle questionou:

— Você tem ideia de quando irá retornar para cá e retomar os afazeres do escritório?

— Amanhã falarei com Heghi, traçaremos algumas estratégias, mas por enquanto ainda não é possível determinar datas. Por outro lado, já falei com Tibúrcio, passei algumas recomendações, porém está tudo em ordem.

Mel se levantou e, com entusiasmo, disse para Isabelle:

— Agora deixemos o trabalho para lá. Venha, vamos para o quarto, tomaremos este vinho que comprei no aeroporto e mataremos a sede e a saudade.

No dia seguinte, já quase 9h, Mel estava próximo da sala de Heghi, falando com a secretária da diretoria, Sra. Elenice, enquanto alguns, ora ou outra, paravam para conversar com Mel.

Dr. Heghi acabara de chegar, mas, antes de ser chamado, Dr.ª Regiane Flor, que por vezes estivera no escritório do Rio, interpelou o detetive:

— Mel, como está?

— Como estão as coisas na cidade maravilhosa?

De maneira bem simplória, Mel respondeu com certa reserva:

— Muito trabalho e ainda tem muito o que fazer.

— Mel, eu tenho visto que muita gente está sendo demitida ou pedindo demissão. Sei que as coisas por lá não estão muito bem, porém preciso lhe dizer algo.

Levantando a sobrancelha esquerda e um tanto intrigado pelo tom de voz, Mel se aprumou, deixando o corpo mais ereto para demonstrar controle e calma, e disse para a advogada:

— Cara doutora, vamos lá, sou todo ouvidos.

— Mel, soube que você crê que Leocadio tem feito algo errado e que ele talvez seja responsável pelos problemas do Rio. Aliás, não sei com detalhes que tipos de problemas são estes, mas sei que é coisa grave. Porém, quanto a Leocadio, creio que você está equivocado e exagerando, pois tenho Leocadio em alta conta, é um bom e competente profissional. Digo isso porque estive em nosso escritório no Rio várias vezes, fiz boa amizade com ele, afinal ele foi colocado lá pelo Dr. Heghi como homem de confiança.

— Doutora, sinto muito se discorda, contudo não me subestime, tenho feito relatórios para nossa diretoria, detalhando fatos e mostrando números, mesmo porque podemos ter alguém de nossa confiança, mas quando essa confiança é quebrada, fica difícil a situação. Assim como a doutora confia nele, amanhã ou depois essa confiança pode vir a ser quebrada e, certamente, caso isso venha a acontecer, a deixará chateada, causando-lhe enorme decepção. Todos nós estamos sujeitos a passar por isso, porém o tempo mostrará a verdade.

A advogada, demonstrando insatisfação para com Mel, retrucou:

— Mas eu, como outros colegas, estivemos lá, nada relatamos de tão grave e ninguém coloca Leocadio em cheque. Por qual motivo somente o senhor pensa dessa maneira?

— Bem, meu tempo é curto. Heghi já está me aguardando, porém posso lhe dizer algo: toda investigação, seja administrativa ou não, para se chegar próximo da verdade, depende dos olhos de quem investiga, cujo olhar tem de ser munido de imparcialidade, sem deixar que interesses pessoais ou questões passionais interfiram no resultado. Pense bem nessas palavras e entenderá o que digo. Até mais ver, doutora.

CAPÍTULO XIII

# MAIS UM CRIME CONFIRMADO

Dias após a reunião em São Paulo, em uma manhã de sábado, Marcio, com fisionomia extremamente tensa, revelou uma informação perturbadora ao detetive:

— Sei que você vem se esforçando para me ajudar a provocar um desmonte no esquema de quitações que envolve contratos e derrubar esses caras, mas tenho outra novidade.

Impaciente, o detetive questionou:

— Vamos lá, Marcio, diga logo. O que houve?

Consternado, o gerente revelou ao detetive:

— Mel, você lembra que dias atrás você ouviu dos dois negociadores que talvez existiriam funcionários pagando parte do salário para Leocadio?

O detetive respondeu rapidamente:

— Sim, os dois rapazes que me vigiavam, mas recordo-me também que pedi para que você, aos poucos, tentasse mais detalhes, já que até aquele momento eram apenas meros boatos. Mas então, tem novidades mais robustas?

— Exatamente, pois ontem uma funcionária me disse que talvez existam funcionários que estão pagando a Leocadio para não serem tirados de determinada carteira.

Nesse instante, Mel levantou sua sobrancelha esquerda, um cacoete antigo que indica preocupação e raiva. Indignado, questionou:

— Mas como assim? Aliás, isso já era uma leve suspeita. Seja mais claro.

— Segundo esta moça, parece que em algumas carteiras de alta rentabilidade negociadores têm de dar parte do que ganham para Leocadio, por meio de depósitos bancários.

O detetive, com sentimento de revolta, exclamou com vigor:

— Absurdo! Não queria acreditar nisso, então é mais um crime. Se isso for verdade, agrava toda a situação, mas precisamos de informações mais concretas.

Marcio, então, complementou:

— Bem, segundo ela, quem pode nos dar informação mais concreta é uma funcionária que se chama Elisa. Apesar de não participar do esquema, ela tem conhecimento sobre isso, mas é contra tudo o que vem sendo feito por Leocadio e seus comparsas.

O detetive, já com a fisionomia fechada, completou:

— Isto é de uma gravidade enorme, preciso conversar com essa Elisa para saber mais detalhes. Então, peço-lhe que arranje uma reunião sigilosa com ela para que tenhamos mais informações.

— Claro, na segunda-feira poderemos falar com ela.

— Marcio, quando retiramos a equipe de pesados de Leocadio, acabou perdendo o controle da equipe e, como estamos monitorando as ligações, provavelmente demos um prejuízo financeiro em seu esquema. Aliás, tenho falado com um a um na equipe, essas conversas têm sido difíceis, já que eles têm olheiros em todos os lugares. Assim, as negociadoras têm medo de falar e, para tentar driblá-los, entreguei para cada um meu telefone anotado em papeizinhos e lhes disse que podem me ligar a qualquer hora. Vamos ver se isso trará algum resultado.

— Entendi, Mel, foi uma boa providência. Agora só precisamos apertar, mais ainda, o cerco sobre esse assunto para que tenhamos a certeza de que realmente isso esteja acontecendo.

Mel, demonstrando revolta, disse ao amigo:

— Não só isso, precisamos de provas e comprovantes para que possamos saber como atacar, porém não poderemos envolver a polícia. Tais comprovantes servirão de trunfo para ameaçá-los.

Marcio pediu ao detetive maiores detalhes e Mel tentou esclarecer:

— Perceba, meu caro amigo, caso isso fique realmente confirmado e se souberem que temos em nosso poder tais documentos, certamente ficarão temerosos. Já estamos falando aqui de crime de extorsão, chantagem ou coisa assemelhada e a partir de então seus temores serão bem maiores.

— Mas Mel, você esquece que nossa diretoria não quer envolver a polícia para proteger o nome da empresa, pois se isso se tornar público, prejudicará a empresa no mercado e junto aos clientes.

— Logicamente que não esqueci, mas, por outro lado, esses canalhas não sabem dessa decisão da empresa, pensarão que a qualquer momento serão incriminados e é justamente isso que os fará balançar. Precisamos ter comprovantes e de alguma forma fazer chegar até eles tal informação, mas isso depois eu darei um jeito.

Aquele fim de semana foi exaustivo, pois Mel, em vez de aproveitar o domingo ensolarado, preferiu ficar recluso no hotel para ouvir gravações das ligações telefônicas ocorridas em dias anteriores.

Em uma das ligações, Mel ouvira Leocadio falando com uma das funcionárias da equipe de pesados, cujo conteúdo o preocupava:

*Leocadio: Você fez transferência daquele valor?*

*Funcionária Rose: Sim, só pude fazer no sábado, já está em sua conta.*

Aquela ligação parecia confirmar que realmente funcionárias tinham de pagar um pedágio para se mantiver na carteira. O detetive precisava ter a certeza absoluta de que realmente existia tal irregularidade.

CAPÍTULO XIV

# O DESESPERO DA QUADRILHA

N a segunda-feira, após ter tido a reunião com Heghi, em São Paulo, o detetive já estava de volta ao escritório do Rio. Percebeu que o ambiente era diferente, pairava no ar certa calmaria em alguns e tensão em outros, contudo o detetive notou que Leocadio o observava com raiva aparente, estava impaciente e seus comparsas se sentiam pressionados e inseguros. O efeito da demissão de Ivano, principalmente para Leocadio, foi devastador.

Exatamente nesse dia o detetive iria perceber os dois sentimentos, por dois fatos que iriam acontecer. Um foi uma conversa com uma funcionária e outro foi uma ligação telefônica que ouvira.

Já por volta de 16h, o detetive descia pelas escadas do 23º, onde ficava a maioria da equipe de negociação, para o 21º andar quando foi interpelado por uma jovem funcionária:

— Sr. Mel, devo confessar que eu estava totalmente desanimada. Quando o fim de semana chegava, me sentia aliviada de não ter de vir para cá, não me sentia bem aqui, mas preciso do emprego.

A jovem negociadora, assustada, olhava para os lados, mas continuava a falar:

— Todos estavam desanimados, pois vimos que as várias pessoas que a diretoria enviou para cá nada faziam contra Leocadio e seus amiguinhos, mas quando o senhor chegou, nossas esperanças se renovaram, por isso vim agradecê-lo por estar aqui e fique certo de que estamos torcendo pelo senhor. Agora preciso ir, não é bom que nos vejam conversando. Muito obrigada.

Mel ficou por alguns minutos estático, não esperava uma situação assim. Por conta daquela jovem, Mel teve certeza de que nem tudo estava perdido e que precisava apressar as coisas.

Já no auditório, Mel, de maneira emocionada, relatou para Marcio o que ouvira nas escadas entre os andares. Ainda o avisou que não havia mais a necessidade de falar com Elisa, pois não restavam dúvidas quanto às falcatruas de Leocadio.

Todavia, ao final do expediente, Mel ouviu uma conversa entre ramais, com Leocadio e sua cúmplice e esposa, a chefe do RH.

*Leocadio: Mô, como andam as coisas por aí?*

*Diana: Não muito bem, o bigodudo está interferindo demais e o Sr. Marcio também. Como a aprovação de novos funcionários passa por eles, não estamos contratando ninguém do nosso lado. Será que eles vão mandar a gente embora também?*

*Leocadio: Que nada, com a gente eles não mexem. Como você está grávida, nem tem com o que se preocupar, mas depois a gente se fala pelo celular.*

Alguns dias se passaram, Marcio e Mel haviam desligado mais alguns funcionários e todos os que provavelmente faziam parte do esquema estavam totalmente arredios com Mel e o clima estava mais tenso ainda.

O detetive teve uma conversa às escondidas com uma funcionária que sabia ser de confiança, com nome de Eunice:

— Eunice, preciso que você, quando estiver entre colegas de trabalho, seja no refeitório ou em outro lugar, comente por alto que ouviu dizer que eu possuo recibos dos pagamentos que funcionárias fizeram na conta de Leocadio, como se fosse um comentário "sem querer". Deixe claro que apenas ouviu dizer e peça segredo sobre isso.

A intenção de Mel era fazer chegar tal notícia, como se fosse um boato, aos ouvidos de Leocadio, que ficaria na dúvida, mas seria suficiente para que ele pedisse demissão, por medo de ser preso e indiciado, inclusive com demissão sumária por justa causa.

Três dias após a funcionária ter feito tal comentário, Leocadio procurou Marcio pedindo um acordo, ou seja, para a empresa demiti-lo, alegando problemas financeiros, o que foi negado.

Marcio estava com Mel no auditório e disse para o detetive:

— Mel, Leocadio está apavorado, tem insistido para que o demitamos. Já falei novamente com Dr. Heghi, que ratificou o que havia lhe dito, ou seja, não proceder com a demissão, forçando-o a se demitir, mas ele não quer isso.

— É isso mesmo, deixe que ele venha pedir demissão, é só uma questão de tempo, pois ele desconfia que temos os recibos de transferência feitas por funcionários e isso é extorsão, um caso de polícia. Mas como a empresa prefere não envolver a polícia, só nos resta vencê-lo pelo cansaço e o medo de ser preso o levará a isso.

Na semana que se seguiu, na sexta-feira, Mel saíra tarde do escritório. Marcio já havia ido embora e o detetive estava preocupado com os últimos acontecimentos, planejava como seria os próximos passos, já que os ânimos estavam alterados, principalmente por parte de Leocadio.

O detetive estava tomando um aperitivo no Bar Amarelinho, que fica na Praça da Cinelândia, ao lado da empresa.

Mel tentava falar com São Paulo, mas não conseguia. Ao olhar para fora do bar, sentados em um banco da praça, percebeu três homens que parecia que olhavam para ele.

Justamente naquele dia Mel não estava com sua arma, procurou ficar ali até que os homens desistissem, porém isso não aconteceu.

Já passava das 23h e os homens continuavam a encará-lo. Seria uma temeridade tentar sair, certamente os caras o seguiriam para abordá-lo em local menos movimentado.

O detetive então se lembrou do taxista, Sr. Oliveira. Procurou seu cartão e ligou para ele:

— Sr. Oliveira, me perdoe pelo horário, aqui é Mel quem fala.

— Meu amigo, não há incômodo, em que posso ajudá-lo? Quer que eu vá buscá-lo? Está com problemas, doutor?

Após o detetive relatar os fatos, o bondoso senhor disse para Mel:

— Doutor, entendi toda a situação. Fique aí que eu irei com meu filho Luiz, aquele sobre o qual lhe falei, que pertence à Polícia do Exército. Fique tranquilo e espere por nós.

Passado algum tempo, o Sr. Oliveira e seu filho sentaram-se à mesa e de pronto Luiz já foi se posicionando:

— Sr. Mel, meu pai já havia me falado sobre o senhor, passamos pelos caras e os vi. Posso lhe adiantar que pelo menos um deles está armado, mas o senhor reconhece algum deles?

— O cara mais alto me parece que é um daqueles que dias atrás me cercaram no beco. Os demais, não.

— Bem, faremos o seguinte: irei fazer uma ligação, como um deles está armado e provavelmente não tem licença para isso, uma viatura chegará e os abordarão para uma revista de rotina. Certamente serão levados para a delegacia e não participaremos de nada.

Após ter feito a ligação, o filho do Sr. Oliveira avisou:

— Tem uma viatura na rua de trás, já estão vindo para cá, sem sirene. Farão a abordagem, porém vamos embora agora. Passaremos próximo a eles, farei questão de mostrar-lhes que estou armado, seguiremos em frente e a polícia irá abordá-los.

O detetive, nesse momento, questionou:

— Não seria melhor aguardamos que a polícia os prenda?

— Doutor, eles sabem que o senhor de certa maneira está praticamente solitário aqui no Rio, mas ao verem que estamos dando-lhe apoio e percebendo que estou armado, eles recuarão, pois perceberão que poderão se dar mal e quando forem abordados pelos policiais, saberão que fui eu o responsável pela presença da polícia. Com isso, tenho certo comigo que daqui por diante mudarão de atitude e recuarão.

Mel, o Sr. Oliveira e seu filho saíram do local, da maneira que o agente do Exército havia dito. Quando estavam se afastando, viram policiais abordando os elementos e colocando-os no interior do camburão.

Os três foram até o Leblon. Como era uma bela noite de sexta-feira, decidiram passar pela orla, entraram em um dos muitos barzinhos à beira-mar e somente depois deixaram o detetive no hotel.

CAPÍTULO XV

# UM NOVO PLANO CONTRA MEL

O detetive Mel, já por várias vezes, investira contra o grupo criminoso, que não media esforços para interromper os trabalhos do detetive. O detetive, após muitas providências tomadas para desestabilizar a quadrilha de Leocadio, deixara o inimigo bastante incomodado.

Mel já esperava novas reações, mas jamais poderia passar pela sua cabeça o que estava prestes a acontecer.

O próximo passo de Leocadio seria deferente, teria que desmoralizar o detetive ou eliminá-lo de vez, mas de forma que não tivesse ligação alguma com sua missão no Rio de Janeiro.

Em um dos muitos bares no famoso Largo da Carioca, Leocadio e Ivano, que mesmo tendo sido demitido estava sedento de vingança contra Mel, tratavam a armação de uma cilada para o detetive.

Leocadio disse para Ivano:

— Escute, já percebi que esse auditor, ou seja lá o que for, é incorruptível, não tem medo, é preparado, esperto, mas é um cara de família, casado e é muito respeitado por sua conduta moral, conforme nosso X9 em São Paulo nos adiantou. Você concorda?

— Claro, o cara é quase perfeito. Mas aonde você quer chegar?

— Ivano, embora você não esteja mais na empresa, preciso que tire esse bigodudo do caminho. Não sabemos onde atualmente ele está hospedado, porém sabemos que às vezes, em um ou outro domingo pela manhã, ele vai à Praia do Leme para ver o nascer do Sol e por lá fica até por volta de meio-dia. Nunca vai direto para o hotel, para que não ser seguido, e é aí que a gente entra.

Ivano, demonstrando curiosidade e surpresa, questionou:

— Léo, tudo isso é verdade, mas diga logo. Qual é a ideia?

Com ares de genialidade, tentou explicar ao amigo:

— Primeiro temos que montar uma tocaia aos domingos de manhã, na Praia do Leme, para sabermos em quais dias, exatamente, ele vai.

Leocadio continuou a explanação:

— Bem, ele pode ser perfeito o quanto for, é bem apessoado, esperto e tudo mais, porém ele é homem e sujeito às fraquezas da carne.

— Muito bem, Ivano, colocaremos uma "senhora gata" no caminho dele. Se ele cair e se envolver, nós faremos com que todos fiquem sabendo, inclusive em São Paulo. Ele ficará sem moral e o Dr. Heghi o mandará de volta.

Ivano, enfaticamente, questionou:

— Mas quem, afinal, terá peito para fazer isso?

Com muita convicção, Leocadio respondeu:

— Lembra-se da Núbia, minha amiga lá do Morro Chapéu Mangueira, no Leme, que tem três vans escolares e tenta a carreira de modelo? Aquela que no início já foi puta na Vila Mimosa?

— Sim, muito gostosa, com aquela cor de morena-jambo, só vai bem cedo, bem de manhãzinha na praia, fica até por volta das 13h, quando se mete num biquíni ninguém diz que é do morro e deixa todos babando. Tem um "sete um" forte, mas ela é pilantrinha.

— Justamente, ela é a pessoa certa para atrair o bigodudo, contar uma historinha para ele e fisgá-lo. Então a divulgação fica por nossa conta.

— Se de repente não pintar "rala e rola"?

— Não precisa, necessariamente, ter sexo, basta ele sair com ela. Sob algum pretexto, ela saberá o que fazer. Até podemos contar com o Zé da Boca, também lá do Morro Chapéu Mangueira para armar algo para dar cabo dele, quem sabe? Deixa comigo, acerto a parada.

Na maioria dos domingos, Mel ficava recluso no hotel para ouvir as gravações da telefonia interna da empresa em seu laptop, com as conversas de Leocadio e sua equipe, mas em domingos esporádicos ia bem cedo ao Leme para vislumbrar o nascer do dia.

Aquele domingo prometia. O Sol já rasgava a escuridão da noite, logo por volta de 5h15 da manhã o detetive já estava sentado em sua cadeira, com um guarda-sol, sua pequena térmica com água e cerveja e por baixo, em uma pochete, envolta em um plástico, estava sua arma.

Estava absorto, olhando para o horizonte, quando de repente foi desperto, viu passar lenta e garbosamente uma linda mulher, desenrolando a canga. Ao passar sob a luz do Sol, pôde ver a silhueta de seu corpo escultural. Com movimentos lentos e sensuais, deitou-se de bruços em uma esteira trazida por ela.

O detetive podia olhar para ela discretamente, já que, através de seus óculos escuros, era possível disfarçar a direção em que olhava vez ou outra. Até para ele, homem sério e fiel, era impossível deixar de admirar a presença daquela beldade e as curvas sinuosas de um corpo tentador.

Repentinamente, passados alguns minutos, ele ouviu a voz macia e aveludada chamar por ele:

— Por favor, o senhor teria fogo?

Com o cigarro entre os dedos, ainda deitada, ela aguardou a resposta.

O detetive, educadamente, foi até ela com um isqueiro, abaixou-se e acendeu seu cigarro.

Ela agradeceu:

— Obrigada. Você é daqui mesmo? Parece-me que não.

Mel respondeu:

— Realmente não, sou de São Paulo.

Ela indagou:

— Está a passeio ou a trabalho? Aliás, os paulistas adoram trabalhar, mas reconheçamos, quando se divertem, são craques também.

— Estou trabalhando.

— Eu sabia. E antes que me esqueça, meu nome é Núbia e o seu?

O detetive, num primeiro momento, deu seu nome completo:

— Prazer, Melquíades Peixoto, a seu dispor.

Ao se levantar para voltar ao seu lugar, Núbia disse:

— Você parece ser uma pessoa confiável, coloque suas coisas aqui perto, por enquanto não há quase ninguém na praia. Assim, faremos companhia um para o outro, poderemos jogar conversa fora. Não aceiro recusa.

O detetive procurou gentilmente se esquivar:

— Absolutamente, não quero atrapalhar ou parecer inconveniente. Fique tranquila.

Ela, imediatamente, insistiu:

— Por favor, eu faço questão. Será legal conversarmos um pouco e, pelo menos por hoje, eu não serei uma solitária aqui.

— Está bem, não quero causar-lhe algum problema. Se estiver esperando alguém, sei lá, poderemos ter problemas.

Núbia interrompeu:

— Não, não aguardo ninguém, sou uma mulher totalmente independente. Vamos, venha pra cá.

Após se sentar, ela questionou:

— Afinal, com que trabalha? Está em algum hotel ou em casa de parentes?

— Sou corretor, atuo no ramo imobiliário. Estou em uma pequena hospedaria nas imediações da Rua São Clemente, em Botafogo, para empresa é mais barato. E você? O que faz?

— Bem, eu trabalho por conta, transporte escolar.

O detetive se surpreendeu:

— Nossa! Jamais imaginaria isso.

— Sim, tenho três vans, poderia dizer que sou uma microempresária. Dirijo uma e tenho dois motoristas para as outras. Momentaneamente resido ali no Chapéu Mangueira.

Por precaução, o detetive optou por não dar as informações corretas e se lembrou da Rua São Clemente, pois ficava próximo à residência de Marcio.

Após algum tempo, Núbia pediu para que Mel passasse bronzeador em suas costas. Em um primeiro momento o detetive titubeou e disse:

— Mas é nas costas inteiras?

— Sim, inclusive nas pernas.

Ela percebeu o constrangimento do detetive e tentou deixá-lo mais à vontade:

— Sei que é um homem conservador, talvez não esteja acostumado a fazer isso, principalmente em uma mulher que mal conhece, porém por aqui isso é normal. Vamos lá, me ajude.

Mel passou o bronzeador apenas nas costas, na altura da cintura e nas pernas, mas a bela mulher, com um leve sorriso maroto, disse ao detetive:

— O senhor não passou na região dos glúteos, na bunda mesmo. Não tem problema, vamos lá, por favor.

Mel, meio que sem jeito, passou o bronzeador onde ela pediu e teve a oportunidade de apreciar aquele belo visual, que para ele era uma situação inédita. Embora constrangedora, era prazerosa.

Haviam se passado algumas horas de muita conversa e repentinamente ela, de maneira dissimulada, falando sobre sua vida particular, demonstrou ao detetive certa tristeza ao falar de sua filhinha, oriunda de um relacionamento conturbado e uma separação recente e conflituosa.

Aquele era o início real na tática de envolver o detetive.

Mel não sabia das reais intenções daquela mulher, penalizou-se e a questionou sobre o assunto:

— Ei, calma. Quer desabafar? Sou todo ouvidos.

Utilizando-se de sua capacidade teatral, ela passou a relatar o seu problema:

— Meu ex-companheiro é um tanto quanto violento, daquele tipo "machão". Como quer ter a guarda de nossa filha de apenas 3 anos, tenta de tudo, me persegue todo o tempo. Ontem, por coincidência, no começo da noite, me interpelou na rua, quis me agredir, fez ameaças e só não me bateu porque parou uma viatura da polícia do outro lado da rua. Mas antes de ir me disse: "Isso não vai ficar bem pro seu lado, o caldeirão vai ferver, sua vadia". Dito isso foi embora.

— Já prestou queixa?

— Sim, mas o senhor sabe como são essas coisas. Continua solto e me perseguindo, porém ele quer também que eu passe 50% da minha empresa, que constituí já há seis anos, antes de mesmo de conhecê-lo.

O detetive, demonstrado certa inquietude, indagou:

— Você crê que ele possa vir aqui hoje?

— Não, aqui não. Conheço várias pessoas nessa área, por duas vezes que veio, quase apanhou do pessoal. Mas no caminho até em casa, já que vou a pé, isso aconteceu várias vezes e hoje tenho pressentimento de que irá aparecer.

Já quase 13h, ambos se preparavam para deixar o local quando Núbia pediu ao detetive que a acompanhasse até próximo de sua casa:

— Apenas por precaução, ficaria mais tranquila se me acompanhasse em parte do caminho, só até a Rua Ribeiro da Costa. É a quatro minutos daqui, será rápido, moro na avenida principal, no início da comunidade.

Durante a caminhada, o detetive tentou ficar atento a tudo. Enquanto conversavam, em determinado momento, Mel percebeu uma van preta se aproximar de ambos. Encostaram no meio-fio e perguntaram de um endereço. Como o detetive não conhecia, perguntou para Núbia:

— Eu não sei. E você, conhece?

Antes de responder, desceram dois homens da van e jogaram o detetive para dentro, aos trancos. Passaram a agredi-lo, amarram suas mãos para a frente e colocaram um capuz em sua cabeça. Antes de darem a partida, Mel ouviu Núbia falando com eles:

— Vocês disseram que iriam dar um susto, por favor, não façam mal a ele, apenas o assustem. Além disso, eu não sabia que iriam levá-lo. Afinal o que irão fazer?

Um dos sujeitos respondeu:

— Vamos falar com o chefe, só ele vai dizer, estamos cumprindo ordens. Sua parte encerra aqui, depois receberá sua grana.

Mel tentou manter a serenidade, percebeu que o veículo se movimentou, procurou ouvir o máximo possível. Sentado entre dois homens, percebeu que havia mais dois sentados no banco da frente. Pouco conversavam.

Já sentido dores no abdômen pelos socos recebidos, o detetive torceu para que não vissem sua arma, dentro do isopor, embaixo das bebidas que levou para a praia.

Após alguns minutos o veículo parou, retiram-no e ele ouviu um ranger de porta. Um deles disse:

— Rapaziada, chegamos, é aqui que o paulistinha fica. Sinuca vai vigiar ele, deixem as tralhas dele ali e desliguem o celular do cara. São quase 2h da tarde, logo, logo a gente volta. Nós vamos falar com o chefe.

Sinuca retrucou:

— Vou ficar sozinho aqui? E se chegar alguém ou o cara bancar o esperto? Nem sei direito o que tá rolando, ninguém falou que eu ia ser babá de cativeiro.

O que parecia ser o líder ficou irritado e gritou:

— Escute, seu pagamento tá garantido. Agora faça o que mando e pronto.

O detetive notou que o tal de Sinuca estava inseguro, com certo medo e demonstrando inexperiência. A partir dessa percepção, Mel tentou mudar a situação, afinal desconhecia as verdadeiras intenções daqueles sujeitos.

Após retirarem o capuz, o detetive já percebeu se tratar de um lugar simples, uma pequena moradia que, pelo visto, tinha dois a três cômodos. O local parecia ser uma mistura de quarto e sala.

Todos eles estavam com o rosto encoberto.

O líder, que os demais chamavam de Gordo, se aproximou de Mel e pediu para o segurarem, mas o detetive tentou dialogar para tentar saber do que realmente se tratava.

Percebendo que se preparavam para agredi-lo, Mel tentou amenizar as coisas:

— Espere. Preciso saber o que querem, talvez possamos resolver. Sou do ramo imobiliário, sou pessoa comum, não sou rico e estou aqui a trabalho. Será que podemos conversar?

Sua tentativa foi inútil, dois dos homens o seguraram e o líder passou a desferir vários socos na região do abdômen e pontapés nas pernas.

Repentinamente, o tal de Gordo parou tudo e disse para Mel:

— Olha, não tenho nada contra sua pessoa, só faço o que me pagam pra fazer. Me pediram pra te dar uma lição, mas também falaram em acabar com sua raça. Só preciso confirmar o que tenho de fazer, mas te digo: sei quem realmente é e quem me contratou não quer o senhor por aqui.

Nesse momento o detetive indagou:

— Isso tudo envolve o meu trabalho. Quem é seu chefe? Poderia falar com ele?

— Só vai falar com a gente. Quem me contratou não importa, mas repito que nada tenho contra o senhor. Se conseguir sobreviver, vá embora do Rio, pois tem incomodado muita gente. Só isso que digo.

Dito isso foram embora, ficando apenas Sinuca, que falou para o detetive:

— Num tô aqui para matar ninguém, mas tenho de vigiar o senhor, não tente nada.

O detetive, procurando manter a calma e ganhar confiança do tal de Sinuca, procurou conversar:

— Sei que você deve ser um iniciante, saia dessa enquanto pode, pois, se eu morrer aqui, todos vocês serão caçados pela polícia.

O sujeito retrucou:

— Eu sei o que faço. Veja, nós estamos no meio da comunidade, se tentar sair por aquela porta, não dura cinco minutos.

O marginal abriu a porta o suficiente para o detetive dar uma olhada e disse:

— Vê, estamos no meio do morro. Este carro aí é meu, todos me conhecem e sabem que estamos com você para fazer um negócio, ninguém virá ajudá-lo.

Aquela situação tinha de ter um fim, pois Mel precisava sair dali antes do retorno dos demais, então procurou relaxar e envolver Sinuca.

— Ei, Sinuca, aqui no meu isopor tem cerveja. Já que ficaremos aqui, posso pomar uma para aliviar a tensão?

Bem lentamente se aproximou de suas coisas, abaixou-se e, mesmo com as mãos amarradas, pegou duas latinhas de cerveja e ofereceu uma para o sujeito:

— Já que eu vou tomar, tome uma você também. Tome, pode pegar.

Meio desconfiado, ele acabou pegando a cerveja. Então Mel foi novamente em direção ao isopor e disse:

— Como pude esquecer, tenho também, uma cachacinha da boa. Aceita?

— Já que tem, eu quero.

Mel, mesmo com as mãos atadas, abriu o isopor e pediu para o homem se aproximar. Quando estava bem próximo, Mel pegou a pochete e avisou:

— É uma garrafinha pequena, mas o suficiente para nós.

Rapidamente o detetive sacou da pochete sua arma, dominou o sujeito, forçou-o a desamarrar suas mãos, tomou-lhe seu revólver e com veemência disse:

— Você, rapaz, parece que está em uma roubada. É como vocês falam por aqui, você caiu em um "KO". Eu quero terminar este domingo vivo e se preciso for eu o mato.

— Calma, cara, eu tenho família.

O detetive se tornou mais convincente, arrancou sua máscara e colocou o revólver na boca do sujeito, falando com vigor:

— Vamos ao que interessa, nós vamos pegar esse seu carro velho, você vai dirigir e fazer o que eu mandar. Vai me tirar daqui, se alguém nos impedir, o mato. Sem pestanejar meto uma bala na sua cabeça. Eu posso até morrer, mas você vai primeiro. Você entendeu bem?

O cara ficou bastante impressionado. Mel estava realmente com raiva, temendo por sua vida. Tinha de se livrar daquilo tudo e para tanto era tudo ou nada.

Entraram no carro, Mel, com a arma meio que escondida, apontava para o sujeito e dizia:

— Vamos sair daqui. Sorria, finja que estamos trocando ideia.

Desciam ruelas estreitas, becos acanhados, com olhares atentos para eles, quando o detetive identificou que estavam em plena descida para a orla, na Ladeira Ary Barroso. Quando entraram na Rua Ribeiro da Costa, quatro homens armados calmamente os pararam e um deles perguntou:

— E aí, Sinuca, tudo em cima? E o cara aí?

O detetive ficou apreensivo e logo ouviu a resposta:

— Tranquilo, é uma parada limpa. O cara aqui é dos nossos.

— Certo, moleque, vai nessa.

Continuaram a descer e finalmente chegaram próximo à Avenida Atlântica, então o detetive exigiu que parasse.

Ao pegar suas coisas, colocou sua arma na cintura e com fisionomia fechada encarou o tal de Sinuca. Quase rangendo os dentes, disse:

— Agora, retorne e suba o morro, não olhe para trás. Depois você se vira com seus amigos.

Mel jogou a arma de Sinuca em uma lixeira. Apressadamente, mas atento, caminhou pela Avenida Atlântica, foi pela calçada da praia, andou bastante, entrou em um táxi, seguiu até a Marina da Glória, desceu, caminhou um pouco e entrou em outro táxi até o Largo do Machado, onde parou em um bar, acomodou-se, pediu um chope e calmamente o saboreou, sempre atento a tudo ao seu redor.

Após algum tempo, foi até o Centro, na Cinelândia. Apesar das dores abdominais, sentia-se aliviado por sair daquela situação tensa. Dali pegou o metrô e desceu na Estação Catete, comprou remédios para dor e para luxação e seguiu para o hotel.

Após um banho demorado e a utilização da medicação, o detetive, cansado, procurou esquecer tudo para conseguir dormir um pouco.

Já por volta de 17h acordou e, mais calmo, desceu até o restaurante do hotel. Sentou-se em uma mesa próximo da janela, chamou o garçom Yuri e pediu um suco de laranja.

Para sua surpresa, apareceu o taxista e amigo Sr. Oliveira, para quem confidenciou o que ocorreu.

Após ouvir o relato, Sr. Oliveira, demonstrando muita preocupação falou ao detetive:

— Doutor, o senhor poderia ter morrido. Ainda bem que, não sei como, conseguiu escapar e sair ileso, mas e agora?

— Bem, amanhã irei normalmente trabalhar, não comentarei com ninguém, nem mesmo com Marcio, pois se ele souber ficará preocupado demais e poderá falar com Dr. Heghi em São Paulo, e isso não pode acontecer.

— Mas o senhor não vai à polícia?

— De jeito algum, pois sei que foi uma investida de Leocadio e sua gangue, já que o tal de Gordo afirmou que sabe o que faço realmente e que eu deveria ir embora do Rio.

O velho taxista questionou:

— Os caras certamente ficarão quietos, e o senhor?

— Eu também, colocarei uma pedra em cima e vou me precaver mais. Creio que darão graças se eu ficar em silêncio, pois agora que o plano deles foi por água abaixo, querem mais é esquecer, mas ficarão mais apavorados ainda.

— Mas Sr. Mel, e essas pancadas que recebeu, essas dores? Conheço um farmacêutico dos bons, um antigo amigo, é quase um médico, conhecido como Dr. Marcondes. Eu o levarei até ele para dar uma olhada, fica aqui perto, em Botafogo, não custa nada.

Tratava-se de uma pequena farmácia, em um sobrado antigo, já carecendo de pintura. Em cima era a moradia do farmacêutico, de cabelos brancos e com certa obesidade.

Após examinar o detetive, disse:

— Pelo que vi, não há costela quebrada, mas provavelmente uma delas está trincada. Esta primeira aqui, sinta como dói, causará um desconforto por alguns dias. Use esta cinta ortopédica bem apertada, tome este antibiótico por cindo dias, passe essa pomada duas vezes ao dia nas luxações ou onde dói e tome esse comprimido para dor de seis em seis horas, ficará bem.

Ao sair, o detetive perguntou ao farmacêutico:

— Quanto lhe devo, doutor?

— Ora, o Oliveira aqui é amigo de longa data, sempre me socorre aqui e acolá. Se ele o trouxe aqui é porque o senhor deve ser uma boa pessoa, o importante é o senhor ficar bem. Vá com Deus.

Mel, já de volta ao hotel, preparado para dormir, pensava no que houve naquele fatídico dia. Estava muito apreensivo, não poderia envolver a polícia e decidiu fingir que nada aconteceu, não contaria para ninguém.

## CAPÍTULO XVI

## A QUEDA DO CHEFÃO

Na segunda-feira, Mel havia chegado um pouco mais tarde ao escritório. Ao passar pela recepção, foi avisado que Leocadio já por três vezes havia perguntado por ele.

Antes de ir para o auditório, foi cumprimentar Marcio:

— Bom dia, Marcio, como foi seu fim de semana?

— Bem, fui visitar alguns amigos. E você, pegou uma praia?

O detetive respondeu com certo sarcasmo:

— No sábado fiz algumas compras, coisas pessoais e depois fiquei no hotel, trabalhando um pouco, adiantando os trabalhos. No domingo fiz uma visita ao Palácio do Catete e depois almocei lá restaurante, o Berbigão, aquele que fomos dias atrás. E por aqui, tudo em ordem? Apenas estranhei que Leocadio me ligou por duas vezes, perguntando se você havia chegado. Pareceu tenso, pode ser que queira falar com você.

— Ligarei para ele de minha sala, já que pela manhã ficarei por lá, tenho muito a fazer. Se precisar, me ligue.

Porém, ainda quando estava com Marcio, Leocadio se aproximou:

— Bom dia, Sr. Mel?

— Bom dia. O senhor perguntou por mim por pelo menos três vezes na recepção e duas vezes para o Marcio, isso porque cheguei 35 minutos além do horário. Algum motivo especial?

Meio sem graça, Leocadio tentou explicar:

— Não, apenas fiquei preocupado, já que o senhor chega bem antes do expediente. Como o senhor não é daqui, sabe como é, tem muitos malandros por aí.

— Fique tranquilo quanto a isso, minha estada aqui no Rio já tem tempo suficiente para conhecer o local e principalmente as pessoas com quem lido. Quanto aos perigos das ruas, isso já me acostumei, afinal São Paulo também não é um paraíso, mas obrigado por sua preocupação. Inclusive, o senhor tem meu telefone, pode me ligar caso queira.

Marcio, percebendo que Mel estava um tanto quanto debochado em excesso, mudou o rumo da conversa:

— Mas, Leocadio, veio aqui, creio que para falar comigo. Do que se trata?

— Sim, apenas para lhe avisar que aquele relatório que me pediu já está quase pronto. Daqui a pouco lhe envio.

— Bem, podia ter me ligado, mas tudo bem, fico no aguardo. Pode ir, qualquer outra dúvida, também ligo para você.

Após Leocadio ter se retirado, Marcio, intrigado, questionou o detetive:

— Mel, você me parece, sei lá, impaciente. Percebi você meio arredio, aconteceu algo?

— Não, apenas estou um tanto quanto inquieto com a situação em si, precisamos acelerar para que tudo se resolva logo. Além de tudo, este cara não me desce.

Já próximo do almoço, Mel telefonou para Luiz, filho do Sr. Oliveira:

— Bom dia, aqui e é Mel, gostaria de saber algo sobre os caras que foram presos na sexta-feira.

— Fique tranquilo, pelo que consta, foi uma abordagem de rotina, nada nos ligando ao fato. Um dos caras realmente estava portando uma arma de fogo, já respondeu a alguns processos, chegou a cumprir pena por lesão corporal grave, mas como estava quite com a Justiça, apenas foi autuado e, com um advogado, pagou fiança por porte ilegal de arma e foi liberado, nada mais.

— Hoje aquele sujeito, Leocadio, perguntou por mim várias vezes, parecia preocupado.

— Sr. Mel, de certo ainda não soube o que aconteceu ontem e a dúvida o deixará mais inquieto. Fique atento, porém, qualquer problema, pode me ligar.

— Está bem, agradeço imensamente. Ficarei alerta e, caso precise, ligo. Até mais ver.

Mel não iria comentar o assunto com Marcio, por isso seria preciso prestar mais atenção em tudo.

Passada uma semana, várias mudanças já aconteceram nas equipes de negociação. Encarregados foram substituídos e havia no departamento um verdadeiro desmonte de pessoal. Ninguém sabia quem mais seria desligado, a tensão era aparente em todo o escritório.

O detetive estava na sala quando Marcio entrou apressadamente.

— Mel, finalmente o safado do Leocadio veio pedir demissão, está apenas formalizando.

A satisfação do detetive foi tanta que, após desferir um tapa na mesa, abraçou Marcio fortemente, dizendo com alegria incontida:

— Vencemos mais um round, agora irei ouvir as ligações. Certamente ouviremos algo sobre isso nos próximos dias, pois comentários existirão. Vamos ficar atentos com possíveis desdobramentos, muito embora eu queria mesmo é que esse cara saísse daqui algemado direto para a cadeia.

Marcio, ainda preocupado, questionou o detetive:

— Mel, todos que foram desligados, ou por se demitirem ou por acordo, quando nós demitimos a pedido do próprio funcionário, sem exceção, um por um entrou com ação contra a empresa, inventando mentiras, falsos testemunhos, como o senhor disse, ainda contando com a parcialidade da Justiça trabalhista. Será que, como os outros, Leocadio irá entrar com ação contra a nossa empresa?

O detetive, com um leve sorriso maroto, meneando a cabeça negativamente, respondeu com firmeza:

— De forma alguma o fará, pois ele pelo menos desconfia que temos recibos que comprovam que extorquia dinheiro de funcionários. A bem da verdade é que, mesmo ele tendo sido obrigado a pedir demissão, pelo medo de ser preso, deu graças a Deus por conseguir sair livre pela porta da frente. Assim, por incrível que parecer possa, será o único entre seus iguais que ficará calado e, no futuro, não moverá ação alguma contra a empresa, pois sabe que temos provas suficientes para incriminá-lo.

Todavia, o detetive ainda não estava satisfeito, já que a Dr. Heghi não queria envolver a polícia para não tornar público que a gangue se instalara dentro da empresa.

Mel pacientemente aguardou Leocadio se retirar da empresa. Assim que ele pegou o elevador, o detetive desceu pelo outro elevador.

Já na portaria do edifício Mel, viu Leocadio indo embora e apressou o passo para alcançá-lo.

Abordou Leocadio e firmemente dirigiu-lhe a palavra:

— Leocadio, quero lhe falar, só irá levar um minuto.

Surpreso, o ex-funcionário disse para o detetive:

— Sr. Mel, não o encontrei para que eu pudesse me despedir do senhor.

Levantando a sobrancelha esquerda, com sisudez aparente, Mel disse com vigor:

— Sr. Leocadio, antes de ir embora, gostaria que soubesse que por mim o senhor sairia daqui direto para a prisão, pois o senhor sabe que, por tudo que aprontou por cá, sua traição não foi só para com a empresa

Sombras de azienda: crimes e corrupção no mundo empresarial

ou o Dr. Heghi, foi principalmente com todos os funcionários. Aliás, o senhor corrompeu muitos, os quais poderiam ainda estar trabalhando, mas se prejudicaram e perderam seus empregos.

— Eu tenho de ir, não sei bem do que o senhor está falando.

O detetive perdeu um pouco a paciência e esbravejou:

— Não finja que desconhece os meus motivos, pelo menos aqui, somente eu o senhor, seja homem e pelo menos mostre que se arrependeu. Aliás, sua esposa está grávida, será que tudo o que o senhor fez aqui ensinará para o seu filho?

— E devo dizer que o senhor é um verdadeiro canalha, em outras circunstâncias o trataria de maneira muito menos sociável e lhe causaria muitos problemas, sairia daqui algemado e o colocaria na cadeia.

Nesse instante houve um breve silêncio entre ambos e o detetive encerrou a conversa de maneira súbita, dizendo com certa ira e alívio:

— É somente isso que eu queria lhe dizer, não podia deixar de fazê-lo. Passe muito bem, mas lhe peço que, se possível, sequer passe em frente à empresa. Caso me encontre por aí, finja que nem me conhece, pois será isso que eu farei.

O detetive retornou para o escritório. Na porta do edifício, olhou para trás e viu Leocadio parado, totalmente atônito com a abordagem que sofrera. Finalmente se virou cabisbaixo e foi embora.

Pelo menos por alguns meses o detetive não comentou com ninguém aquele episódio.

Nos dias que se seguiram, Mel ficou atento, assim como Marcio, para acompanhar possíveis reações.

Em uma tarde, o detetive estava escutando gravações de dias anteriores, feitas e recebidas por Leocadio, quando, surpreendentemente, ouviu uma ligação feita por Leocadio para a Dr.ª Regiane Flor.

*Leocadio: Aqui é Léo, do escritório do Rio. Por favor, eu quero falar com a doutora Flor.*

*Atendente: Um minuto, passarei a ligação para o ramal dela.*

*Flor: Meu pretinhooooooo! Queria lhe falar.*

*Leocadio: Flor, creio que já sabe que saí da empresa. Não teve outro jeito. A situação estava muito complicada e, se ficasse, eu poderia me ferrar mais ainda.*

*Flor: Ô, preto, estou sabendo. Puxa vida! Foi o bigodudo, não foi?*

*Leocadio: É, acho que não havia outra saída para mim. Cometi alguns erros, mas agora passou e seguirei meu caminho.*

*Flor: Preto, eu tenho seu telefone, vamos nos falar depois. Desejo-lhe boa sorte.*

*Leocadio: Só queria falar com você, mas foi bom enquanto durou. A gente se fala depois, beijos para você.*

*Flor: Pra você também, sei que agora é melhor nos afastarmos. Boa sorte e até qualquer dia.*

Após Mel ter ouvido a ligação, as possibilidades de realmente ter havido um caso entre Leocadio e Dr.ª Flor ficaram mais evidentes. Por outro lado, levando em conta outros detalhes, para Mel todo aquele esquema montado por Leocadio e seus comparsas foi detectado anteriormente, mas por ene motivos preferiram se calar e a empresa acabou sendo a grande prejudicada em todo esse cenário. Esse possível envolvimento amoroso era apenas uma suspeita, além disso, o tal esquema já não mais existia, o melhor seria colocar uma pedra sobre esse detalhe e seguir em frente.

Passados alguns dias, finalmente Dr. Heghi e Riese foram ao escritório do Rio, assim como Mel havia pedido, ou seja, sem a presença de Leocadio e seus comparsas.

# CAPÍTULO XVII

## UM REENCONTRO INESPERADO

Era um sábado ensolarado, o detetive decidiu por volta das 9h fazer uma caminhada no Aterro do Flamengo, curtir a bela paisagem e relaxar um pouco para tirar a tensão da semana, afinal aquele dia maravilhoso era um convite irresistível para isso.

Foi uma hora e meia de caminhada tranquila e prazerosa, mas o detetive iria ter uma surpresa que certamente seria totalmente inesperada.

Antes de se recolher para um banho, encontrou pelo caminho o garçom Yuri, que sempre o atendia no restaurante do hotel. Ao ver o detetive, abrindo um largo sorriso, cumprimentou-o com satisfação:

— Nossa! Ganhei o dia. Encontrá-lo logo de manhã para mim já é um bom sinal.

Mel, demonstrando entusiasmo, disse:

— O prazer é todo meu, mas vê-lo fora do hotel é uma novidade.

O gentil garçom, já de pronto, esclareceu:

— Doutor, hoje é minha folga.

O detetive chamou Yuri para uma conversa descontraída:

— Caro Yuri, veja, estamos bem em frente ao Bar Belmonte. Eu vou tomar uma água, vamos lá, me acompanhe para dois dedos de prosa.

Yuri a princípio se mostrou constrangido e disse ao detetive:

— Sr. Mel, sou um simples garçom e o senhor é um hospede importante, não se é aconselhável.

— Ora, Yuri, isso é uma grande bobagem, somos duas pessoas comuns. Além disso, já somos amigos. Pedirei duas águas, a não ser que queira outra coisa, enquanto isso a gente conversa.

O garçom fez um questionamento:

— Sr. Mel, sei que seu trabalho é complicado. Como estão as coisas?

O detetive, com serenidade, respondeu:

— Yuri, lógico que existem problemas, mas está tudo dando certo.

— É, doutor, fico contente, afinal o senhor é uma boa pessoa, trata todos com educação, respeito e todos lá no hotel o admiram. Eu que o diga!

— Obrigado, mas creio que é assim que deve ser, afinal não somos uma ilha. Ademais, meu caro Yuri, ninguém é tão importante que não possa precisar de alguém, assim como ninguém é tão desprezível a ponto de não merecer a atenção de outrem. Logo, meu caro, somos todos igualmente mortais.

— Yuri, há quanto tempo trabalha no hotel? Mora por aqui?

— Sr. Mel, estou lá há quase cinco anos, mas como garçom lá se vão mais de dez. Eu resido na Tijuca, aqui mesmo na Zona Sul.

— Então gosta do que faz?

— Sem dúvida, mas nem tudo é um mar de rosas, existem hóspedes que nos destratam e já fui até humilhado.

Naquela conversa descontraída, o detetive observou:

— Espero nunca o ter ofendido.

Yuri respondeu com satisfação:

— Não, absolutamente. Aliás, se todo hóspede fosse como o senhor, estaríamos no paraíso.

Repentinamente Yuri mudou a conversa:

— Sr. Mel, enquanto conversamos notei que uma das moças, na mesa ao fundo, não para de nos olhar, mas creio que é com o senhor.

— Sim, Yuri, eu já percebi, mas de minha posição não consigo ver o rosto de uma delas, que parece usar um lenço na cabeça, mas irei descobrir.

Após se despedir de Yuri, Mel percebeu que as mulheres já não estavam mais lá. Ficou intrigado e decidiu ir embora.

Quando já havia percorrido perto de 150 metros, teve um pressentimento de estar sendo observado, mas apenas foram impressões levadas pelo excesso de zelo.

Mel, por conta daquele belo dia, para andar um pouco mais, em vez de seguir pela avenida da Praia do Flamengo. Subiu a Rua Correia Dutra, alcançando a tradicional e movimentada Rua do Catete, próximo à favela Tavares Bastos e Morro Santo Amaro, pertencentes ao histórico bairro do Catete, com suas construções antigas, comércios variados e pequenos botecos, chamados de "pé sujo", antigos e simples, uma tradição carioca não só na periferia, mas também em bairros chiques, onde ainda resistem ao tempo, sobrevivendo aos padrões contemporâneos dos bares e da moderna boemia.

Aquele era um momento de prazer, principalmente para Mel, que enfrentava dias atribulados e constantes ameaças. Estar ali em contato com a memória do Rio era místico, porém, quando estava em frente ao Palácio do Catete, foi interpelado bruscamente.

O detetive olhou e viu que tratava de um garoto franzino com uma caixa de engraxar sapatos. Enquanto lhe segurava uma das mãos, puxando-a, dizia quase em súplicas:

— Senhor, eu não sou ladrão, aquela moça me deu uma gorjeta para chamar o senhor.

Mel, pego de surpresa, procurou mais detalhes:

— Que moça quer me falar?

O garoto, apontando para a calçada oposta, disse ao detetive:

— Aquela moça lá no bar, com lenço na cabeça.

Mel, intrigado, pediu para o rapazinho ir embora, atravessou a rua para, primeiramente, saber de quem era, mas seu rosto estava encoberto pelo lenço e a julgar pelas vestes era jovem.

À medida que se aproximava, Mel, sempre atento ao redor, tentava identificá-la.

Ela se encontrava sentada à mesa, bebendo algo, bem-vestida, mas foi possível ao detetive ver que era uma elegante mulher.

Somente quando chegou até ela, com imensa surpresa, constatou se tratar de Núbia, a moça que o atraiu para uma cilada no Chapéu Mangueira.

— Você? Afinal, o que pretende?

— Por favor, Sr. Melquíades, não chame a polícia. Sente-se, preciso lhe falar.

O detetive olhou ao redor e, atento a tudo, se acomodou em uma das cadeiras. Com feição sisuda, questionou com certa impaciência:

— Senhorita, me convença de que não devo entregá-la a polícia. Seja rápida e objetiva, eu sou todo ouvidos.

— Sr. Melquíades, eu não queria que lhe fizessem mal, deixei claro para eles. Eu aceitei com a condição de que nada acontecesse ao senhor.

Mel quis acelerar a conversa:

— Seja mais objetiva, não tenho tanto tempo assim.

— Está bem, ocorre que eu devo alguns favores para Leocadio. O senhor sabe quem é, afinal a essa altura o senhor sabe que ele me incumbiu de atraí-lo, pois quer vê-lo fora de ação.

— Sim. Mas você sequer me conhecia, por que aceitou?

A mulher passou a chorar e disse ao detetive:

— No passado eu entrei em algumas confusões, fiz coisas erradas, ele me ajudou em várias vezes. Inclusive já arrumou até um advogado

Sombras de azienda: crimes e corrupção no mundo empresarial

para me livrar de ser presa após ter roubado uma joia em uma casa de penhores.

— Sim, continue.

— Acabei me deitando com ele, quando ainda era casada. Meu marido sempre foi violento, queria nossa filha a qualquer preço, então fiquei nas mãos dele, pois ameaçou contar nosso envolvimento e fiquei com medo de perder a guarda.

O detetive, com certo sarcasmo, observou:

— Entendi. Então o que você me contou naquele dia no Leme, sobre seu marido, é verdade?

— Sim, sobre mim praticamente tudo era real, mas sei que errei em ajudar a prejudicá-lo. Jamais faria isso novamente e sei que o senhor é funcionário da empresa em que ele trabalha, onde deve fazer muita coisa errada, mas acredite, arrependo-me amargamente.

O detetive, ainda intrigado, questionou mais ainda:

— Está bem. Mas me diga: como conseguiu me localizar aqui no Catete?

Núbia, com a maquiagem borrada por conta das lágrimas, disse que precisava ir ao toalete.

Ao se levantar, vestida com uma calça jeans apertadíssima e uma blusa com um decote sensual, foi impossível para o detetive deixar de notar que ela ostentava um belo corpo que, em conjunto com sua beleza facial e sua elegância, fazia daquela mulher um perigo para virar a cabeça de qualquer homem. Nesse ponto, ele deveria se controlar.

Quando retornou, passou a explicar para Mel como conseguiu encontrá-lo:

— Desde aquele dia no Leme, não parei de pensar no senhor, depois soube que o plano deles caiu por terra. Graças à sua esperteza, eles ficaram sem ação e com medo de serem denunciados, então fiquei aliviada, mas queria encontrá-lo para tentar me redimir.

O detetive argumentou:

— Mas para isso bastaria você me aguardar próximo à empresa, certamente iria me ver.

A bela mulher justificou:

— Sim. Ocorre que não quis correr o risco de ser vista por eles ali próximo, além do mais era preciso me afastar deles.

O detetive interrompeu-a:

— Compreendo, mas como conseguiu?

— Pare ser sincera, foi por um acaso.

O detetive questionou:

— Como assim? Por acaso?

— Acontece que há dois sábados eu trouxe uma amiga de Cabo Frio para conhecer o Palácio do Catete. Para minha grata surpresa, eu o vi aqui mesmo no Berbigão, o senhor estava de saída, até pensei em abordá-lo, mas com a presença de minha amiga não foi possível. Porém da esquina da Rua Ferreira Viana o vi entrar no único hotel que existe ali.

O detetive, imediatamente, interrompeu-a:

— Apenas me responda: você comentou com alguém onde estou hospedado?

— Não, com absolutamente ninguém, pincipalmente com Leocadio, se for essa sua preocupação. Não quero mais contato com ele.

— Depois disso tentei tirar informações com o garçom que apenas me disse que o senhor já havia vindo por várias outras vezes, em geral aos sábados.

— Sim, continue — disse o detetive.

— Hoje já acordei disposta a encontrá-lo. Fiquei em um lugar próximo daqui, para aguardar o horário certo para vir ao Berbigão tentar vê-lo, chamei minha amiga e decidi ficar lá no Bar Belmonte, onde por coincidência o senhor parou com seu amigo. Quando saiu, pedi para minha amiga ir embora, o segui em parte do caminho, calculei que iria passar por aqui e torci para eu estar certa. Quando o vi, não sabia se pararia aqui ou não, dei um agrado ao engraxate para levar meu recado. O resto o senhor já sabe.

— Por que tanta necessidade de se desculpar? Afinal tudo havia terminado e não haveria desdobramentos.

— Olha, nos últimos dias muita coisa mudou na minha vida, houve uma reviravolta, creio que você me deu sorte.

O detetive, mesmo estando atento a tudo, ouviu com atenção o que ela relatou:

— Embora trabalhe com transporte escolar, venho investindo também para tentar a carreira de modelo. Espalhei meu book para inúmeras agências e agora uma delas me ofereceu um contrato por três anos, com bom salário e ganhando também por trabalhos esporádicos, envolvendo desfiles e publicidades. Vendi minha casa, minhas vãs, me mudei para o Jardim Botânico e com o dinheiro aferido, o que não foi pouco, eu tento viver outra vida, mas da maneira correta.

— Fico contente por você, sempre quero que as pessoas melhorem a cada dia, mas pode continuar.

— Eu não quero deixar para trás pontas soltas e mal-entendidos, por isso é importante eu limpar a barra com você.

Aquela bela mulher flertava com o detetive, segurou suas mãos e disse suavemente e aos murmúrios:

— Seria muito bom poder recompensá-lo pelo que aprontei.

— Não se preocupe, o que importa é que você mudou de atitude.

— Sr. Melquíades, não circulo mais por aqui nem no Leme, acho melhor ir para casa. Aliás, no Jardim Botânico sinto-me mais segura, será que poderia apenas me acompanhar até próximo de onde moro? Ficaria mais tranquila, por favor.

Após refletir, Mel concordou:

— Vou chamar um táxi e a levo ao Jardim Botânico, depois retorno.

— Graças a Deus! Agradeço-lhe muito.

Mel e Núbia sentaram-se no banco de trás e conversavam descontraidamente, mas o detetive estava inquieto. Ele não sabia se aquela bela mulher estava sendo sincera.

Depois de algum tempo, chegaram à Rua Lopes Quintas, no Jardim Botânico. Núbia pediu para parar em frente a uma casa assobradada.

O detetive disse para ela:

— Então chegamos. Daqui retornarei, espero que realmente mude seus conceitos.

Ela, mais que depressa, desceu e convidou Mel para tomar um café, mas o detetive, a princípio, recusou e tentou justificar:

— Perdão, mas tenho um compromisso, fica para outra vez.

Núbia insistiu.

— Sr. Melquíades, faço questão. Preciso me redimir, além disso, faço o melhor café do Rio.

De tanto insistir, o detetive aceitou o convite.

Ao entrar na sala, notou que o piso era assoalhado, os móveis eram do estilo colonial, com madeira de lei. Havia uma mesa de cerejeira no centro e, do lado direito de quem entra uma sala, mas em outro ambiente, um piano próximo à mesa de jantar. Nas paredes, alguns quadros com temas ligados à moda feminina e quadros retratando paisagens.

O detetive, com certa reserva, comentou:

— Muito boa a casa, aconchegante e decorada a fino gosto. Se você a comprou, deve ter sido muito caro.

— Nem tanto, quem me vendeu precisava ir urgentemente para a Itália, o preço foi bem abaixo do mercado. Dei uma bela entrada e financiei o restante, assim ele recebeu à vista.

O detetive ainda indagou:

— Já veio com a mobília?

Ela, demonstrando satisfação, respondeu:

— Sim, para minha sorte sim, foi realmente um achado.

Nesse momento, Núbia mudou de assunto:

— Sr. Melquíades, infelizmente não acho o café. Servirei para nós um vinho, me acompanhe em uma taça apenas.

O detetive agradeceu e observou:

— Somente uma taça e vou embora.

A moça serviu queijos em uma bandeja e disse ao detetive:

— Por favor, sente-se. Fique à vontade, preciso lhe falar.

Mel então relaxou um pouco mais e pediu que ela dissesse o que queria.

— Sr. Melquíades, mais uma vez me perdoe pelo que aconteceu. Agora que lhe falei, fico mais aliviada e creio que podemos ser amigos.

— Entendi tudo e acredito que está sendo sincera, espero que não mais cometa esse erro.

Ambos sentados no sofá, ela se aproximou mais, serviu mais vinho e propôs um brinde:

— Eu brindo à nossa amizade e ao futuro.

O detetive correspondeu:

— Brindemos então a isso.

Após algum tempo, Mel questionou:

— Você continua em contato com Leocadio? Ou realmente cortou relações com ele?

Ela, com vigor, respondeu:

— Claro que cortei, aliás, ele é um canalha. Conversava com ele porque era obrigada, tal como já expliquei.

Núbia, delicadamente, acariciou o rosto do detetive e, suavemente, disse:

— Tudo aquilo não deveria acontecer. Saiba que você, além de ser um homem bom, é um homem atraente.

Sem que Mel pudesse fazer algo, ela beijou o detetive e desabotoou a blusa. Ambos ficaram excitados.

Mel titubeou, mas não resistiu e se entregou ao envolvimento de idílio e paixão. Eles se deitaram no sofá, ela tirou a camisa de Mel, passando a beijar seu corpo.

Aquele momento era, praticamente, inédito para o experiente detetive.

Ele, metaforicamente, via aquela mulher com uma máquina perfeita. O detetive se viu acometido de inúmeras emoções, de repente se viu atracado com aquela máquina, sentiu-se indefeso, pois não tinha mais força para se libertar.

A temperatura aumentava cada vez mais, de maneira desproporcional, a excitação de ambos era altíssima.

Mel não conseguia evitar aquele subjugo.

O detetive já se encontrava molhado de suor, sua respiração estava ofegante, seu coração parecia explodir ou saltar pela boca. A movimentação entre Mel e Núbia era intensa, entre sussurros gemidos, Mel tinha a impressão de que estava em outro corpo.

Para o detetive aquela era uma situação extremamente insólita, em que vários sentimentos e pensamentos flutuavam em seu consciente, misturando com excitação, remorso, ansiedade e deleite.

Tudo era rápido demais, ambos em movimentos ora retilíneos e uniformes, ora não, indo e vindo, em um vai e vem incessante, até que chegaram ao ápice do prazer.

Após ter passado aquele momento idílico e excitante, o detetive se mostrou preocupado e comentou:

— Isso não deveria ter acontecido, foi um erro.

Núbia, tentando tranquilizá-lo, se aproximou após beijá-lo e disse:

— Melquíades, nada tema, nós somos seres humanos, sujeitos às fraquezas da carne. Sei que é casado, foi um momento isolado e dificilmente se repetirá, mas foi muito bom. Pelo menos foi um momento feliz, por algum tempo esquecemos quem somos, isso foi bom demais e ficará somente entre nós, será nosso segredo.

Sombras de azienda: crimes e corrupção no mundo empresarial

O detetive, após se vestir, observou:

— Só espero que isso não tenha desdobramentos, nem para mim nem para você.

— Eu preciso lhe falar algo, pois não sei se terei outra chance.

O detetive, intrigado, disse:

— Percebo certa tensão em você, mas diga lá.

— Quando encontrei você no Leme, foi um plano arquitetado para envolvê-lo, com isso a ideia era desmoralizá-lo para que a empresa o mandasse de volta para São Paulo.

O detetive, com atenção contínua, ouvia e ao mesmo tempo refletia sobre tudo.

— Ocorre que só topei porque fui ameaçada e fiquei temerosa por minha filha.

Mel, então, fez uma colocação:

— Bem, nós acabamos de nos envolver intimamente. Como vou saber se o encontro de hoje não será usado contra mim?

— De jeito algum, hoje tenho outra vida, estou aqui porque carregava esse desejo e não tenho mais contato com aquele cara. Se fosse isso, jamais estaria lhe contando.

O detetive indagou:

— Por que então mudaram os planos? Afinal o que aconteceu naquele dia foi um sequestro. Caso não conseguisse escapar, talvez eles tivessem me matado.

Núbia imediatamente afirmou:

— Só soube que iriam o levar minutos antes e pedi para que não lhe fizessem mal. Quando o levaram fiquei muito preocupada, já que nada daquilo foi combinado e temi por sua vida, mas a única coisa que foi positivo em tudo isso foi o fato de tê-lo conhecido.

Mel olhou para Núbia e observou:

— Eu acredito em você e vamos colocar uma pedra em cima disso.

O detetive se preparava para ir embora. Ao abraçá-la, Núbia disse em sussurros, bem próximo ao rosto de Mel:

— Fique mais um pouco, vamos fazer de novo e desta vez vale tudo.

O detetive refletiu e calmamente disse:

— Sinto muito, preciso partir. Seu pedido é tentador, mas terei de ir.

Naquela noite, enquanto jantava no restaurante do hotel, Mel não se conformava em ter se relacionado com Núbia, já que, depois que se casara com Isabelle, jamais saiu com outra mulher, mas era tarde para arrependimentos.

Em circunstâncias normais, na programação estava prevista a ida para São Paulo quinzenalmente, mas, em face dos acontecimentos, já se iam 75 dias sem sair do Rio. Por isso, contava os minutos para ir à capital paulista.

CAPÍTULO XVIII

## AS REFLEXÕES DE MEL

Já de volta a São Paulo, em seu escritório, tomando um café com Tibúrcio e o inspetor Bianchi, Mel fizera um resumo acerca do período em que ficou no Rio. Bianchi questionou o detetive:

— Mel, diante de tudo que você já nos falou, o esquema de negociatas no escritório do Rio, para entendermos melhor a situação, no seu conceito, como e por que surgiu tudo isso?

O detetive, calmamente, respondeu ao inspetor:

— A bem da verdade é que a confiança em excesso corroborou para que esse cenário se formasse, tomando as proporções que tomou.

Bianchi pediu detalhes:

— Não entendi direito, como assim?

— Note: Leocadio, por ser um profissional de mercado, conhecia bem a área, tinha larga experiência e foi por esses motivos que Dr. Heghi depositou todas as fichas em sua proposta, que tinha como condição principal carta branca para desenvolver a cobrança a seu modo. Dr. Heghi acabou sendo convencido de que seria esse o caminho, afinal Leocadio carregava uma bagagem muito sólida.

— Porém, o que não se sabia é que Leocadio era propenso a ter desvios de conduta, já que a honestidade não fazia parte de sua concepção de vida.

— No entanto, se houvesse um setor fiscalizador, como uma inspetoria ou um inspetor-geral, que acompanhasse os trabalhos, certamente esses larápios não teriam ficado tão à vontade, por isso acabou dando no que deu.

O assistente de Mel, Tibúrcio, o questionou:

— Mas Mel, antes de você ir para o Rio, advogados, supervisores, gerentes e até pessoas que nos dias atuais ocupam altos cargos, segundo você, em certas ocasiões, simultaneamente, vários profissionais da matriz por meses e simultaneamente ficaram por lá, como, então, ninguém percebeu?

Mel, com uma das sobrancelhas levantada, demonstrando indignação, incisivamente respondeu:

— Não tenho dúvida alguma de que apenas não quiseram colocar o dedo na ferida, pois haveria muito a provar e iria incomodar muita gente. Além disso, era mais fácil ir trabalhar na cidade maravilhosa executando apenas algumas correções administrativas superficiais, sem, contudo, resolver o principal problema. Isso exigiria que a empresa continuasse a enviar gente da matriz à unidade carioca. Assim, resolver de vez os problemas do Rio significava privar muita gente dessas viagens.

Tibúrcio, fiel escudeiro de Mel, lançou ainda uma pergunta venenosa:

— Cá entre nós, todos se tornaram coniventes. Será que houve, realmente, algum envolvimento íntimo entre a Dr.ª Flor e Leocadio?

— Não posso jamais afirmar tal coisa, pois tudo o que soube acerca disso foi de "ouvi dizer", mesmo porque não creio que ela chegasse a tanto, ou seja, saber quem realmente era Leocadio e por causa de uma cama ficar quieta e não relatar a situação?

Sombras de azienda: crimes e corrupção no mundo empresarial

—Acho que não, agora, havia indícios fortes de que quase todos que estiveram lá viram o que acontecia, mas preferiram o silêncio. Quanto à doutora Flor, Leocadio poderia tê-la envolvido para poder enganá-la e conquistar sua confiança. Ela, por sua vez, iludida, caiu na armadilha. Isso, sim, creio que aconteceu.

Bianchi ainda questionou Mel sobre o Rio:

— Você crê que para a empresa o caso já está solucionado?

Com certa insatisfação, Mel respondeu:

— O esquema já acabou, mas terão muito trabalho para reestruturar o escritório, sob nova égide. Certamente, ainda deverão ter algumas pequenas crias, que terão também de ser expurgadas da empresa, será um trabalho de total reconstrução. Porém, por outro lado, Heghi terá de prestar mais atenção em quem o cerca, principalmente os que o procuram mais, os que mais o bajulam e aqueles que se mostram mais amigos, pois quero crer que no futuro ele terá problemas sérios com pessoas de sua confiança, inclusive algumas em altos cargos.

Tibúrcio foi mais além:

— Mel, por certo eles terão muito trabalho para reconstruir tudo sob uma nova concepção de trabalho e se, por acaso, futuramente, o Dr. Heghi vier a chamá-lo para ajudar nesse trabalho de reconstrução?

— Tibúrcio, daquele período possuo vários arquivos em *pendrives* com gravações em áudio de conversas telefônicas entre funcionários que mostram claramente a existência de irregularidades, mas creio que, de agora em diante, será com seu pessoal, pois, para mim, esse caso do Rio está encerrado. Os abutres que habitavam por lá foram expulsos, o sócio secreto já não existe, resta ainda eliminar uns poucos discípulos, remanescentes do esquema que existia. Naturalmente terão de recuperar a filosofia de trabalho da empresa, que fora sepultada por Leocadio, mas isso não é mais comigo. Por outro lado, se realmente eu for chamado, pela amizade e pela consideração que tenho por Heghi, em qualquer tempo, darei um jeito para socorrê-lo, afinal, aconteça o que acontecer, sempre o terei em alta estima.

Bianchi ainda fez um último questionamento:

— Mel, ficou claro que somente após sua ida ao Rio foi possível desmantelar o esquema desonesto que lá se formou, como anteriormente muita gente foi enviada para checar o que ocorria, mas, por incompetência ou conivência, nada foi feito. Hipoteticamente, se acaso você fosse funcionário, após realizar o que todos foram incapazes, o que você teria de enfrentar dentro da empresa?

— Bem, certamente causei muita inveja e desconforto, principalmente para aqueles que estiveram lá e alguns de altos cargos. Creio que meu futuro seria problemático, já que, desagradando muitos, estes fariam de tudo para me ver fora da empresa, mas isso é passado.

Mel, de repente, levantou-se e encerrou a conversa:

— Agora, se me dão licença, é chegada a hora de retornar aos dias corriqueiros, temos muito a fazer.

Após Bianchi ir embora, Mel pediu para Tibúrcio lhe entregar tudo sobre os possíveis casos pendentes.

Mais tarde, após um dia tranquilo, ao final do expediente, Eulália já havia ido embora, assim como Tibúrcio. O experiente detetive ainda pensava na aventura do Rio e o que poderia ter acontecido, mas sabia que aquela experiência lhe alargou os conhecimentos relativos a problemas internos que uma empresa pode enfrentar.

Contudo, para ele, seu estimado amigo e empresário, Dr. Heghi, que sempre afirmou que "confiar é bom, mas, com controle é melhor ainda", a duras penas descumpriu seu próprio chavão, mas essa situação mostrou claramente que é preciso ter um setor fiscalizador, para que permanentemente promova inspetoria, em setores e departamentos, evitando possíveis mazelas com desvios de conduta, inclusive evitando que venha a existir um sócio oculto, como aconteceu por quatro anos, que poderá causar danos irreparáveis.

Por volta da 18h, final daquele dia xexelento, ao trancar seu escritório, Mel se postou em frente à porta. Uma leve brisa fria batia em seu rosto, acompanhada por um nevoeiro. Passou os olhos pela rua e pelos edifícios, como se estivesse aliviado de estar de volta, respirou fundo, ajeitou o chapéu, acendeu um cigarro, fechou seu sobretudo, envolveu-se em seu cachecol para se proteger do frio e, após dar alguns passos, uma voz familiar ecoou, chamando por ele:

— Mel, por favor, espere.

O detetive olhou e viu seu amigo, inspetor Bianchi, se aproximando.

— Caro inspetor, pela manhã estivemos juntos, a que devo seu retorno? Não esperava revê-lo por hoje, mas diga lá.

— Mel, eu saí da delegacia mais cedo para tomar um drink com você lá no Bar do Léo, afinal ficou pelas bandas do Rio vários meses. Apenas quero comemorar seu retorno e falar-lhe sobre um crime que houve na Zona Norte da cidade que está me intrigando.

Em seguida, ambos seguiram pela Rua Riachuelo, já anoitecendo, em meio à densa neblina que castigava a capital paulista, e desapareceram por entre os edifícios do Centro velho.

FIM